Oskar Boettger

Eight Articles on Clausilia and Caucasian Mollusks

Oskar Boettger

Eight Articles on Clausilia and Caucasian Mollusks

ISBN/EAN: 9783337318871

Printed in Europe, USA, Canada, Australia, Japan

Cover: Foto ©Andreas Hilbeck / pixelio.de

More available books at **www.hansebooks.com**

Neue recente Clausilien. I.

Von

Dr. O. Boettger in Frankfurt a. M.

(Mit Taf. II—IV.)

Bei Gelegenheit der Bearbeitung der fossilen Arten der
Landschneckengruppe Clausilia, die unter dem Titel „Clausilienstudien" in den letzten Monaten des vorigen Jahres
bei Theodor Fischer in Cassel im Druck erschienen ist,
kam mir eine so überraschend grosse Anzahl neuer, noch
unbeschriebener lebender Formen zu Gesicht, dass ich mich
entschloss, dieselben zu zeichnen und zu malen und vereint
zu beschreiben. Nur einen ganz kleinen Theil besonders
schöner und interessanter Arten konnte ich bereits in Wort
und Bild dem oben genannten Werke einverleiben, da die
letzte Tafel von den fossilen Formen nicht mehr ganz ge-
füllt wurde. Diese Arten — Clausilia albicosta, dextrorsa
und perplana aus Macedonien, unicristata aus Armenien und
einige schon durch die Beschreibung leicht kenntliche Varietäten bereits bekannter Species — sind daher in vorlie-
gender Arbeit nicht weiter berücksichtigt worden. Ein
grosser Theil der gleich zu beschreibenden Arten ist dagegen schon in dem oben citirten Werke (Suppl. III der
Palaeontographica), ein kleinerer unter dem Titel „Diagnosen neuer Clausilienformen" in der Augustnummer des
Nachrichtsblatts d. d. Malakozool. Gesellsch., Bnd. IX. 1877,
S. 65 u. f. diagnosticirt worden. Ich muss deswegen bemerken, dass alle vorhandenen kleinen Abweichungen in
den folgenden Diagnosen mit den an beiden angeführten
Orten früher von mir publicirten als Verbesserungen zu
betrachten sind, die sich bei erneuter Untersuchung nach-
träglich herausgestellt haben.

Schliesslich sei noch erwähnt, dass meine oben citirten
„Clausilienstudien" auch für den Malakozoologen sowohl in

systematischer als auch in phylogenetischer Hinsicht von
besonderem Interesse sein dürften, was ich nur deswegen
hier besonders betonen will, weil der genannte Titel dies
für die lebenden Arten nicht noch besonders ausspricht, und
weil namentlich auch eine zu nicht kleinem Theile malako-
zoologische Arbeit in einer palaeontologischen Zeitschrift
von den reinen Malakozoologen nicht erwartet werden wird.

Clausilia laminata Mntg. sp. var. triloba m.

(Taf. II, Fig. 1a—c.)

Char. Testa parva, distinctius striata, flavescenti-cornea,
callo albo, translucido, cum plicis palatalibus duabus
inferioribus validis conjuncto. Clausilium trilobum, acu-
mine superiore iterum inciso ideoque distincte bipartito.

Alt. 13—14 Mm., lat. 3¹/₂ Mm. Alt. apert. 3¹/₂ Mm.,
lat. apert. 2³/₄ Mm.

Eine verhältnissmässig kleine, gelblich-hornfarbene, für
laminata auffällig stark gestreifte Varietät; die Streifen
nach der Naht zu deutlicher, etwas gebogen und fast senkrecht gestellt. Die beiden kräftigen unteren Gaumenfalten
hängen mit der gut entwickelten, gelb durchscheinenden,
weissen Gaumenwulst zusammen. Das Schliessknöchelchen
ist deutlich dreilappig, indem sein oberer Zipfel sich durch
einen nochmaligen scharfen Einschnitt nach innen in eine
feine, scharfe, hakenförmig gebogene Spitze theilt. Die
typische laminata Mntg. zeigt an diesem Theil des Schliess-
knöchelchens blos eine mehr oder weniger deutliche Einker-
bung.

Fundort. Corgnale in Krain, am Eingang der dortigen
Grotte und Brinj an der croatischen Militärgränze. Von
Hrn. Prof. Fr. Erjavec entdeckt und mir mitgetheilt.

Bemerkungen. Es ist dies dieselbe Art, welche Hr.
Prof. Erjavec in seiner neuesten schönen Arbeit „Malako-

zool. Verhältnisse der Grafschaft Görz, Görz 1877, S. 46"
als Cl. polita? Parr. von der Grotte Malanica und der Grotte
von Lokve anführt, wo sie vor den schattigkühlen Ein-
gängen vorkomme.

Clausilia gibbula Z. subsp. *pelagosana* m.
(Taf. II, Fig. 2a—d.)

Char. Peraffinis Cl. gibbulae Z., sed minor, perforato-rimata,
dense *costulato-striata*, sericina, parum nitida, corneo-
albescens; sutura papillis *nullis* vel *minimis* punctifor-
mibus *concoloribus* creberrimis ornata. Anfractus 9 ;
apertura minor, plica suturalis parva antice perspicua;
plica principalis cum prima*) palatali obsolescente antice parum divergens, postice *non conjuncta*; lunella
subtus dilatata.

Alt. 10—11½ Mm., lat. 3 Mm. Alt. apert. 2¾ Mm.,
lat. apert. 2¼ Mm.

Eine zwar der typischen Cl. gibbula Z. sehr nahe verwandte Form, aber durch eine ganze Zahl von Eigenthümlichkeiten constant abweichend. Die deutlicher durchbohrt-
nabelritzige, kleinere Schale ist viel stärker gestreift, fast
rippenstreifig, seidenglänzend, weisslich-hornfarbig. Die
eingezogenen, gesäumten Nähte zeigen entweder keine oder
äusserst feine Papillen, die punktförmig, sehr zahlreich und
von gleicher Färbung wie die Schale, niemals aber weiss
wie bei gibbula Z. typus erscheinen. Nur 9 Umgänge; die
Mündung kleiner, die Suturalfalte klein und nur vorn deutlich durchscheinend. die Prinzipalfalte von der nach vorn
wenig divergirenden, sehr schwach entwickelten ersten Gau-

*) Ich unterscheide zwar wie bisher die Gaumenfalten in Suturalen
und Palatalen, deren räumliche Trennung durch die Principale bewerkstelligt wird, zähle aber abweichend von der seitherigen Regel die
Principale nicht mit zu den Palatalen und nenne daher die unmittelbar
unter der Principale liegende Gaumenfalte stets die erste.

3*

menfalte stets deutlich getrennt; die Mondfalte unten etwas
verbreitert.

Fundort. Insel Pelagosa im adriatischen Meer, häufig. Es lagen mir zur Beschreibung 3 übereinstimmende
Exemplare vor, die von Hrn. Prof. Ad. Stossich in Triest,
dem Entdecker derselben, gesammelt und mir gütigst mitgetheilt wurden. Eine Uebergangsform zum Typus mit
deutlicheren strichförmigen Papillen und besser entwickelter
oberer Gaumenfalte fand Hr. Dr. W. Kobelt neben Stücken
der typischen gibbula Z. vom Meere angeschwemmt in
einem Exemplar am Strande von Bari in Apulien.

Bemerkungen. Cl. pelagosana dürfte als langisolirte
Inselform der auf beiden Ufern der Adria nicht selten vorkommenden Cl. gibbula Z. zu betrachten sein.

Clausilia Stossichi n. sp.

(Taf. II, Fig. 3 a—d.)

Char. Testa peraffinis Cl. pellucidae Pfr., sed multo
major, gracilior, corneo-flavida nec corneo-badia, anfractibus *10* obsolete costulato-striatis, ultimo late et
acute rugoso-plicato, sutura crenulata, vix papillifera,
in anfractibus superioribus modo papillis creberrimis,
minimis. Apertura magis elongata, regulariter ovata;
peristoma continuum, *undique solutum* et *protractum*,
albido-callosum. Lamella subcolumellaris strictiuscula,
vix emersa. Plica suturalis obsoleta principalem *ultra
lunellam satis productam* aequans, palatalis infera et
lunella ut in Cl. pellucida Pfr.

Alt. 13—15½ Mm., lat. 3¼ - 3½ Mm. Alt. apert. 3½
Mm., lat. apert. 3 Mm.

Sehr nahe verwandt der Cl. pellucida Pfr., aber viel
grösser, schlanker, mehr gelblich-hornfarbig, mit 10 glänzenden, sehr verloschen rippenstreifigen Umgängen, die
durch eine fein gerandete, gekerbte, nicht oder nur auf

den oberen Windungen dicht und äusserst fein papillirte
Naht geschieden werden, und deren letzter weitläufig, aber
scharf runzelfaltig erscheint. Der schön eiförmige, etwas
mehr in die Länge gezogene, zusammenhängende, überall
losgelöste und vorgezogene Mundsaum ist mit weisslicher
Lippe belegt. Die Unterlamelle ist sanfter geschweift, die
Subcolumellarlamelle steigt fast senkrecht nach unten, ist
aber in der Vorderansicht nicht oder kaum zu sehen. Die
schwach durchscheinende Suturale erreicht nach hinten
fast die Länge der ziemlich weit über die Mondfalte reichen-
den Principalfalte; die untere Gaumenfalte und die Mondfalte ganz wie bei Cl. pellucida Pfr.

Fundort. An den Castellis bei Spalato in Dalmatien
von Hrn. Prof. Ad. Stossich in Triest gesammelt und mir
in zahlreichen, unter sich vollkommen übereinstimmenden
Exemplaren mitgetheilt. Auch bei Dernis in Dalmatien
(Stücke in Hrn. S. Clessin's Sammlung).

Bemerkungen. Durch auffallende Grösse, nahezu fehlende Papillirung, die lange Suturale, die mehr längliche,
spitz eiförmige, weit lostretende Mündung sicher von Cl.
pellucida zu unterscheiden, wenn auch vielleicht nur eine
Lokalrasse dieser seltenen Art. Ich erlaube mir, die schöne,
einerseits fast wie eine glatte und glänzende fulcrata Z.
gebaute, andererseits bei flüchtiger Betrachtung mit con-
spurcata Jan leicht zu confundirende Art meinem verehrten
um die Erforschung der Fauna der Adria so verdienten
Freunde zu dediciren.

Clausilia pirostoma n. sp.
(Taf. II, Fig. 4 a—d.)

Char. Testa peraffinis Cl. succineatae Z., sed multo major, solidior, *obsolete costulato-striata,* costulis distantibus;
anfractibus 11, ultimo antice *late costulato,* periomphalo
albo. Apertura satis obliqua, piriformis, superne acuta,

sinulo perangusto, margine columellari substricto, marginibus externis valde incrassato-labiatis. Lamella supera *recta*, subcolumellaris immersa, vix oblique intuenti conspicua; plicae palatales superae *tres* postice aequa longitudine, quarum superiores suturales satis longae, infera pricipalis minor, sed *triplo aut quadruplo* principalem Cl. succineatae Z. superans.

Alt. 16½ Mm., lat. 3½ Mm. Alt. apert. 4 Mm., lat. apert. 3 Mm.

Das der Cl. succineata Z. in Form und Farbe ähnliche Gehäuse ist verhältnissmässig sehr gross, derbschalig und mit etwas entfernt stehenden, aber sehr undeutlichen Rippenstreifen geziert. Von den 11 sehr langsam an Höhe zunehmenden Umgängen ist der letzte sehr wenig höher als der vorhergehende und vorn mit breiten, stumpfen Runzelrippen versehen. Das Periomphalum und der Theil des letzten Umgangs, welcher der Mündung zunächst liegt, ist wie bei Cl. Marcki Zel. weiss mit einem Stich ins Fleischfarbene. Die kleine, ziemlich schiefgestellte, birnförmige, oben spitze mit sehr engem Sinulus versehene Mündung zeigt einen fast geradlinig verlaufenden Spindelrand; die äusseren Ränder sind auffallend verdickt und mit schön gerundeter, weisser Lippe belegt. Die Oberlamelle steht genau senkrecht, die Subcolumellarlamelle ist versteckt und selbst bei schiefem Einblick in die Mündung nur mit Mühe sichtbar. Gaumenfalten sind 3 vorhanden. nach hinten von nahezu gleicher Länge; davon sind 2 Suturalen ziemlich lang, die dritte, die Principale kürzer, doch immerhin noch drei- oder viermal länger als die Principalfalte von Cl. succineata Z.

Fundort. Diese prachtvolle Art, die zweitgrösste des ganzen Formenkreises der Cl. succincata Z. (die grösste raricosta m. misst volle 19 Mm.). wurde von Hrn. Prof.

Michael Stossich auf dem Risniak in Croatien in 5000 Fuss Meereshöhe entdeckt und mir von Hrn. Prof. Ad. Stossich in Triest freundschaftlichst mitgetheilt. Bemerkungen. Aus dem ganzen Formenkreise kann, wie oben schon bemerkt, nur Cl. succineata Z. mit dieser Art in Beziehung gebracht werden, die sich aber durch die angegebenen Unterschiede unschwer unterscheiden lässt. Die grösste succineata Z. var. croatica Zel. aber, die A. Schmidt mass, zeigte nur 14 Mm. Länge.

Clausilia tschetschenica Pfr.

Bayern nom., Pfeiffer, Malak. Bl., Bnd. XIII, 1866, S. 149 u. Mon. Helic. viv., Bnd. VI, S. 440 ; = somchetica Pfr. var. ossetica Mouss. (Coqu. Schläfli II, 1863, S. 399), = ossetica Bttg. (Clausilienstudien, S. 85, non A. Schmidt).

(Taf. II, Fig. 5 a—c.)

Char. Testa rimata, gracilis, *conico-fusiformis, brunnea,* vix striata, fere *laevis,* nitida ; apice *obtusissimo.* Anfractus $10^{1}/_{2}$ *vix crescentes, planulati,* suturis vix albo-filosis disjuncti, ultimo subtilissime striato, parum tumidulo, basi distincte cristato, crista utrimque sulco exsculpta arcuatim periomphalum latum subbisulcatum cingente. Apertura piriformi-rotundata, satis magna; peristoma continuum, solutum, reflexiusculum. Lamella supera marginalis, satis protracta, subflexuosa, cum lamella spirali subcontinua; infera remota, intus *altior, geniculata,* e basi callosa sursum *bifurcata;* subcolumellaris inconspicua. Plica principalis longissima, palatales tres, quarum supera *mediocris* profunda, media e lunella obsoleta exiens *longior, valida* perspicua, infera canalem faucis cingens.

Alt. 15 Mm., lat. 4 Mm. Alt. apert. $5^{1}/_{2}$ Mm., lat. apert. $4^{1}/_{4}$ Mm.

Die mit deutlichem Nabelritz versehene, dunkelbraune, mit undeutlich weissfadiger Naht ausgerüstete Schale ist schlank, kegelig-spindelförmig, kaum gestreift, fast glatt und glänzend. Die $10^1/_2$ abgeflachten Umgänge nehmen sehr langsam an Höhe zu und verjüngen sich nach oben allmählig zu einer auffallend stumpfen Spitze. Die Schluss-windung ist äusserst fein gestreift, wenig aufgeblasen, an der Basis mit einem fadenförmigen gerundeten Kiel ver-sehen, der, beiderseits von einer tiefen Furche eingefasst, bogenförmig das breite undeutlich doppeltgefurchte Nabel-feld umzieht. Die birnförmige, schwach dreieckig-ver-rundete Mündung zeigt zusammenhängende, lostretende, zurückgeschlagene Ränder. Die randständige, etwas vorge-zogene, schwach Sförmig gebogene Oberlamelle ist mit der Spirallamelle nahezu vollständig vereinigt; die Unterlamelle tritt zurück, ist aber innen weit höher als bei Cl. somchetica Pfr., k n i e f ö r m i g gebogen, an der Basis schwielenartig erhöht, dann deutlich gabeltheilig; die Subcolumellarlamelle versteckt. Die Principalfalte erscheint sehr verlängert. Da-runter stehen 3 Gaumenfalten, deren obere mässig lang und tiefliegend, von aussen in der Mündung kaum sichtbar ist; die zweite entspringt oben aus dem ersten Drittel der rudimentären Mondfalte, ist sehr verlängert und vorne als starke Falte in der Mündung sichtbar; die unterste ist mässig gross und begränzt den Canal an der Basis.

F u n d o r t. Koischet (Kaukasus), ein Exempl. durch Hrn. Prof. Alb. Mousson in Zürich erhalten; ein Stück von Borshom (Transkaukasien) und ein zweites von unbek. Fundort in der Sammlung des Hrn. Dr. W. Kobelt in Schwanheim a. M.

B e m e r k u n g e n. Trotz der Aehnlichkeit mit Cl. somchetica Pfr. lässt sich diese vielverkannte Art durch die gegebenen Merkmale nicht gerade schwer unterscheiden; ich glaube in dem Verhältniss der zweiten Gaumenfalte einen Charakter gefunden zu haben, der die Vereinigung beider Formen zu einer Species verbietet.

Clausilia thessalonica Friv. var. major m.

(Taf. II., fig. 6 a—b)

Char. Testa majore, crassius costulato-striata, anfractu ultimo distinctius rugoso-plicato; plica palatali superiore obsolescente vel nulla.

Alt. 15½ Mm., lat. 4 Mm. Alt. apert. 3½ Mm., lat. apert. 3 Mm.

Aehnlich der typischen Form, aber etwas grösser, deutlicher rippenstreifig und vor der Mündung mit schärfer ausgeprägten, auch etwas entfernter stehenden Runzelfalten. Ausser der Principalfalte keine oder nur eine ganz kleine, schwach angedeutete, mit der Mondfalte verschmolzene obere Gaumenfalte.

Fundort. Macedonien, mit der typischen Form zusammen. Von Hrn. W. Schlüter in Halle bezogen.

Bemerkungen. Verbindet den Formenkreis der varnensis Pfr. mit dem der biplicata Mtg. sp.

Clausilia subgibbera n. sp.

(Taf. II., fig. 7 a — d)

Char. Testa non rimata, regulariter fusiformis, solida, substriata, cereo-nitida, epidermide flavescenti-alba; spira elongata, vix concave-producta, apice acuto. Anfractus 11½ parum convexi, suturis profundis disjuncti, ultimus pone aperturam gibbero-inflatus, humilis, modo ¼ omnis altitudinis aequans, obsolete costulatus. Apertura minima, parum obliqua, rotundato-rhomboidea, sinulo rotundato, parum alto. Peristoma continuum, solutum, superne vix sinuatum parumque protractum, parum expansum, reflexum, satis incrassatum, albescens. Lamella supera intus alta, triangularis, cum lamella spirali continua, marginalis; infera *remotissima*, subverticalis,

in profundo superne angulo obtuso lamellam validam
retro mittens; subcolumellaris debilis, *emersa*. Plica
principalis profunda, non perspicua, palatales lunellaque
nullo modo perspiciendae.
Alt. $14^1/_2$ Mm., lat. $3^1/_2$ Mm. Alt. apert. 3 Mm.,
lat. apert. $2^1/_4$ Mm.

Das regelmässig spindelförmige, festschalige Gehäuse
zeigt ein verlängertes, kaum konkav ausgezogenes Gewinde
ohne Nabelritz und mit spitzem Wirbel. Die $11^1/_2$ schwach
gestreiften, mit einer gelblich-weissen, wachsglänzenden
Oberhaut überzogenen, wenig gewölbten Umgänge sind durch
tiefe Nähte geschieden. Die letzte Windung ist vor der
Mündung buckelartig aufgeblasen, niedrig, nur etwa den
vierten Theil der Gesammthöhe messend und verloschen
gerippt. Die sehr kleine Mündung erscheint wenig schiefgestellt, gerundet-rhomboidisch mit gerundetem, nicht besonders hohem Sinulus. Der zusammenhängende, gelöste,
oben kaum gebuchtete und daselbst auch nur wenig vorgezogene Mundsaum ist wenig ausgebreitet, zurückgeschlagen,
etwas verdickt, weisslich gefärbt. Die randständige, innen
sich dreieckig erhöhende Oberlamelle ist mit der Spirallamelle vereinigt; die Unterlamelle tritt auffallend zurück,
erscheint fast senkrecht gestellt und schickt erst in der
Tiefe oben unter schiefem Winkel eine kräftige Lamelle
nach rückwärts; die Subcolumellarlamelle ist schwach, tritt
aber als feines Fältchen bis an den äusseren Mundsaum.
Die tiefliegende Principalfalte ist äusserlich nicht durchscheinend; auch nach dem Anschaben der Schale zeigt sich
keine Spur von Gaumen- oder Mondfalte.

Fundort. Japan, von Hrn. Dr. W. Kobelt unter der
Etiquette „Cl. Gouldi Ad. Japan" in einem Exemplar zur
Untersuchung erhalten.

Bemerkungen. Jedenfalls von Cl. Gouldi A. Ad. bestimmt verschieden, die nach der Originaldiagnose eine

„lamella infera valida, arcuata, producta" besitzen soll. Im
Gegentheil ist unsere Art durch die eigenthümliche, äusserlich obsolete und erst tief im Innern und hoch oben als
scharfe Falte sichtbare Unterlamelle und den niedrigen
buckelig aufgeblasenen letzten Umgang sehr ausgezeichnet.
Nur unsere strictaluna n. sp. hat in der Form der Unterlamelle eine gewisse Aehnlichkeit, unterscheidet sich aber
unter anderm schon durch die bedeutendere Höhe des letzten Umgangs.

Clausilia expansilabris n. sp.

(Taf. II., fig. 8 a — e und 9 a u. b.)

Char. Testa subrimata, ventricoso-fusiformis, solida, substriata, parum nitida, albescenti-cornea; spira attenuata,
apice peracuto. Anfractus 9—11 convexiusculi, suturis
profundis disjuncti, ultimus *attenuatus*, vix inflatus,
dense striatus. Apertura parva, recta, rotundato-piriformis, superne sinuata, subtus valde recedens, sinulo
valde erecto; peristoma continuum, undique valde solutum, protractum, late expansum, reflexiusculum, incrassatum, labio concolore lato munitum. Lamella supera
valida, obliqua, cum lamella spirali continua, marginalis;
infera *immersa*, in profundo angulo recto ascendens,
superae parallela; subcolumellaris *immersa* aut vix
emersa. Plica principalis mediocris, conspicua, ultra
lunellam parum producta; plica palatalis supera punctiformis cum lunella brevi, subtus saepe obsoleta, distincte
arcuata, laterali connexa; palatalis infera nulla.

Alt. 13½ — 17½ Mm., lat. 3¼ —3½ Mm. Alt.
apert. 3 Mm., lat. apert. 2½ Mm.

var. strophostoma m. (fig. 9 a.) Apertura valde obliqua.
Alt. 14 Mm., lat. 3½ Mm.

var. nana m. (fig. 9 b) Anfractibus modo 9. tribus
ultimis altioribus; apertura modice obliqua; plica palatali
prima longiore.

Alt. 11—12 Mm., lat. 3 Mm.

Die schwach geritzte, bauchig - spindelförmige, solide
Schale der Stammform ist undeutlich gestreift, weisslich-
hornfarbig, stellenweise mit weissgelber Epidermis belegt;
das Gewinde verlängert mit sehr spitzem Wirbel. Die 9—11
Umgänge sind deutlich gewölbt und durch tief eingeschnit-
tene Nähte geschieden; der letzte stark verengert mit sanft
gewölbtem Nacken und deutlicher, enger Streifung. Die
kleine, gerundet-birnförmige Mündung steht nahezu senkrecht auf dem letzten Umgang, ist oben deutlich gebuchtet,
unten aber stark nach rückwärts gezogen. Der Sinulus erscheint stark in die Höhe gezogen. Der zusammenhängende,
überall weit gelöste, vorgezogene, ausgebreitete und deutlich umgeschlagene Mundsaum ist mit einer ziemlich dicken
dem Innern der Mündung gleichfarbigen Lippe belegt. Die
randständige, kräftige, mit der Spirallamelle vereinigte Oberlamelle steht schief; die sehr zurücktretende, schwach entwickelte Unterlamelle sendet erst in der Tiefe, unter rechtem Winkel mit ihrer Basis, einen der Oberlamelle parallelen, ziemlich kräftigen Ast nach innen und oben; die
Subcolumellarlamelle ist nicht oder nur bei schiefem Einblick in die Mündung sichtbar. Die mässig lange, wenig
über die Mondfalte hinausreichende Principalfalte ist von
vorn deutlich in der Mündung sichtbar; die obere Gaumenfalte meist nur punktförmig angedeutet und mit der kurzen,
seitlich stehenden, deutlich gebogenen, nach unten häufig
schwächer entwickelten Mondfalte vereinigt. Eine untere
Gaumenfalte fehlt.

Die Varietät strophostoma m. unterscheidet sich von der
typischen Form nur durch die auffallend schief gestellte
Mündung.

Die Varietät nana m. zeigt nur 9 Umgänge, von denen
die 3 letzten eine bedeutendere Höhe erreichen als bei der
Stammform. Ihre Mündung ist mässig schief gestellt, die
erste Gaumenfalte deutlicher und etwas länger.

Fundort. Japan, von Hrn. Prof. Dr. J. J. Rein gesammelt und mir von Hrn. Dr. W. Kobelt zur Untersuchung anvertraut. Ich konnte 18 Stücke von der Stammform, 2 Stücke von der var. strophostoma und 3 Exemplare von der var. nana vergleichen.

Bemerkungen. Eine besonders nahe Verwandte weiss ich, abgesehen von der vorher genannten subgibbera n. sp., die aber keine Lunelle zu haben scheint, nicht anzugeben.

Clausilia digonoptyx n. sp.
(Taf. III., fig. 1; Clausilium Taf. IV., fig. a.)

Char. Affinis Claus. aculus Bens., sed gracilior, subtilissime costulato-striata, nitida, diaphana, anfractibus 10—10$\frac{1}{2}$ convexis, sutura profunda disjunctis, apice acuto, apertura piriformi, superne vix sinuata, modice protracta. Lamella supera mediocris, sed validior quam in Claus. tau n. sp. et in aculus Bens.; infera *remotissima*, sublimis, a basi intuenti lamellae superae in profundo *valde approximata*, late arcuata; subcolumellaris omnino *immersa*. Plica principalis longa, plica palatalis supera minima, principali parallela aut antrorsum divergens, cum lunella obsoleta, arcuata, subtus validiore ramumque parvum retrorsum mittente continua.

Alt. 13 — 13$\frac{1}{2}$ Mm., lat. 2$\frac{3}{4}$ — 3 Mm. Alt. apert. 3 Mm., lat. apert. 2$\frac{1}{4}$—2$\frac{1}{2}$ Mm.

Clausilium (Taf. IV., fig. a) latissimum, subrectangulare, subtus parum dilatatum margineque externo modice rotundato-protracto, denique retroversum, apice media parte acuminato.

Die sehr ausgezeichnete Art gehört in die Verwandtschaft der Claus. aculus Bens., ist aber schlanker, sehr fein aber deutlich rippenstreifig, glänzend, etwas durchscheinend. Sie zeigt 10—10$\frac{1}{2}$ deutlich gewölbte Umgänge, die durch eine tiefe Naht geschieden sind, und spitzen Wirbel. Die immer schief gestellte Mündung ist birnförmig, oben kaum ausgebuchtet und überall mässig vorgezogen. Die randständige Oberlamelle ist mässig entwickelt, doch deutlich stärker als bei Claus. tau u. sp. und bei Cl. aculus Bens., mit der bedeutend tiefer als die Unterlamelle ius Innere des Gehäuses ziehenden Spirallamelle vollkommen vereinigt; die Unterlamelle tritt sehr zurück, ist aber, bei schiefem Einblick von unten, oben in der Tiefe als kräftige, der ihr parallellaufenden Oberlamelle auffallend nahe gerückte Lamelle zu erkennen und bildet im Allgemeinen einen weiten, verhältnissmässig hochgestellten Bogen; die Subcolumellarlamelle ist ganz versteckt. Die Principalfalte lang, mit der sehr kleinen oberen Gaumenfalte, die mit der schwachen, unten etwas kräftiger ausgebildeten und hier einen kurzen Ast rückwärts sendenden Mondfalte vereinigt ist, nahezu parallel oder nach vorn divergirend.

Das Schliessknöchelchen ist auffallend breit, oft fast quadratisch mit nach unten etwas divergirenden Seitenrändern, unten stark nach hinten umgebogen und in der Mitte zu einer stumpfen Spitze zusammengezogen.

Fundort. Japan, von Hrn. Prof. Dr. J. J. Rein in etwa 50—60 Exemplaren gesammelt und mir von Hrn. Dr. W. Kobelt gütigst zur Untersuchung mitgetheilt.

Bemerkungen. Eine Art aus dem Formenkreise der shangaiensis Pfr., die sich durch die in der Tiefe der Mündung so ungemein nahe stehenden Lamellen leicht von allen bis jetzt bekannten Arten dieser Gruppe unterscheiden lässt.

Clausilia tau n. sp.
(Taf. III., fig. 2.)

Char. Testa subrimata, fusiformis, pellucida, nitida, subtiliter striata, olivaceo-cornea; spira attenuata, apice acuto, laevi, plerumque albescente; anfractus $9\frac{1}{2}$—$10\frac{1}{2}$

convexiusculi, sutura profunda disjuncti, ultimus rotundatus, pone aperturam subinflatus, *regulariter costulatostriatus*. Apertura obliqua, rotundato-piriformis, sinulo erecto, superne satis acuto. Peristoma continuum, solutum, *superne* sinuatum *valdeque protractum*, late expansum, reflexiusculum, *parum* incrassatum, labio *albo* munitum. Lamella supera marginalis, *humilis*, modice obliqua, cum spirali continua; infera stricta, obliqua, intus subfurcata, spiraliter recedens; subcolumellaris inferae proxima, conspicua, *vix emersa*. Plica principalis longa, ultra lunellam longe producta; plica palatalis *unica* supera *longior*, postice cum principali convergens, media in parte cum lunella *interrupta*, parum arcuata angulum literae graecae τ instar formans.

Alt. 12¹/₂—15 Mm., lat. 3—3¹/₂ Mm. Alt. apert. 3¹/₂ Mm., lat. apert. 2³/₄ Mm.

Die mit sehr schwachem Nabelritz versehene, spindelförmige, durchscheinende, glänzende, fein gestreifte Schale ist hornbraun mit einem Stich ins Olivengrüne und besitzt ein verlängertes Gewinde und einen spitzen, glatten, meist etwas heller gefärbten, ins weissliche ziehenden Wirbel Von den 9¹/₂—10¹/₂ gewölbten, durch feine, tiefe Nähte getrennten Umgängen ist der letzte gerundet, vor der Mündung etwas aufgeblasen, regelmässig fein rippenstreifig. Die schiefgestellte, gerundet-birnförmige Mündung besitzt einen in die Höhe gezogenen, oben etwas winkligen Sinulus. Der zusammenhängende, gelöste, oben gebuchtete und daselbst stark vorgezogene Mundsaum ist stark ausgebreitet, umgeschlagen, wenig verdickt und mit deutlicher weisslicher Lippe belegt. Die randständige Oberlamelle ist niedrig, mässig schiefgestellt und mit der Spirallamelle vereinigt; die Unterlamelle zeigt sich in der Vorderansicht schwach entwickelt und geradlinig schief nach aufwärts laufend,

von unten gesehen aber schwach gabeltheilig und mit
spiralig sich zurückziehendem Hauptaste; die Subcolumellarlamelle ist der Unterlamelle sehr nahe gerückt, zwar
deutlich sichtbar, aber nur bis an den Innenrand des Mundsaums herauslaufend. Die Principalfalte lang, weit über die
Mondfalte hinaus verlängert, so dass sie in der Vorderansicht des Gehäuses noch deutlich zu sehen ist. Die obere
Gaumenfalte gleichfalls relativ lang, mit der Principale nach
vorn divergirend, in ihrer Mitte mit der unterbrochenen,
wenig gekrümmten Mondfalte verschmolzen und mit ihr die
Form des Buchstabens τ bildend.

Fundort. Kioto auf Kiushu in Japan, von Hrn. Prof.
Dr. J. J. Rein in Astlöchern von Waldbäumen in grosser
Anzahl gesammelt (vom Tauschverein d. d. Malakozool. Ges.,
dann in ca. 100 Exemplaren durch die Güte des Hrn.
Dr. W. Kobelt zur Untersuchung erhalten.

Bemerkungen. Differt a Claus. aculus Bens. colore
obscuriore, apertura regulariter piriformi, superne *valde
sinuata* et magis protracta; lamella supera humili, sed *validiore*, infera a basi intuenti *non angulata*, regulariter spirali,
subcolumellari minus conspicua; plica principali longa, palatali supera *multo longiore*, media in parte cum lunella obsoleta,
subtus validiore connexa.

Vom Habitus der Claus. shangaiensis Pfr. Von Claus.
aculus Bens., ihrer nächsten Verwandten, die ich zum Vergleich sowohl aus Nagasaki auf Kiushu in Japan als von
Korea in hunderten von Exemplaren in Händen habe, unterscheidet sie sich immer sicher durch die dunklere Gehäusefarbe, die mehr regelmässig birnförmige, oben stark gebuchtete und daselbst mehr vorgezogene Mündung, namentlich
aber durch die wenn auch schwache, so doch viel stärker
entwickelte Oberlamelle, die von der Basis gesehen nicht
winkelige, sondern spiralig sich zurückziehende Unterlamelle,

die etwas verstecktere Subcolumellare und die viel längere erste obere Gaumenfalte.

Unter den zahlreichen von Hrn. Prof. Rein gesammelten Stücken befindet sich auch ein Albino von weisslicher Hornfarbe.

Clausilia aculus Benson.

Benson, Ann. a. Mag. Nat. Hist., Bnd. IX., S. 487. (Taf. III, fig. 3a. u. b.)

Die Diagnose Küsters (Clausilien, S. 19, Taf. I. fig. 25—27) passt ebensowenig wie die v. Martens' (Pfeiffer, Monogr. Helic. viv., Bnd. VI., S. 482) ganz scharf auf die mir vorliegende, in grosser Menge von Prof. Dr. J. J. Rein bei Nagasaki auf Nippon in Japan gesammelte Art (Exemplare durch die Güte des Hrn. Dr. W. Kobelt). Nichtsdestoweniger glaube ich die ächte Benson'sche Art — wenigstens in der v. Martens'schen Auffassung — unter Händen zu haben, da 9 (anscheinend v. Martens selbst bestimmte) Stücke von Korea mit den Hunderten von Exemplaren von Nagasaki, die mir vorliegen, ausser in der etwas mehr olivenbraunen Färbung gut übereinstimmen und die Art als in China, Korea und Japan verbreitet angegeben wird.

Nach meinen japanischen Exemplaren würden zur Unterscheidung von den nahe verwandten Arten tau und digonoptyx noch folgende Phrasen in die Martens'sche Diagnose aufzunehmen sein:

„Testa plus minus solidiuscula, interdum pallide olivaceobrunnea; apertura irregulariter late-piriformis, superne sinuata parumque protracta; lamellae parietales in fauce *modice* approximatae, supera fere *obsoleta*, infera a basi intuenti angulata, in profundo spiraliter recedens, pone marginem sicut subcolumellaris parum emersa evanescens. Plica principalis longa, palatalis unica supera oblique descendens *mediocris* cum lunella interrupta, subtus ramum parvum retrorsum mittente, connexa."

Die sichersten Merkmale zur Unterscheidung von aculus Bens. und tau m. liegen demnach in der bei ersterer in der Vorderansicht kaum als Erhabenheit vortretenden, äusserst schwachen Oberlamelle, in der bei ihr deutlich stärkeren Schalenstreifung, in der nach hinten nur wenig über die Mondfalte hinausragenden Principalfalte und in der weit schwächer entwickelten oberen Gaumenfalte; das leichteste und nie trügende Unterscheidungsmerkmal von aculus Bens. und digonoptyx m. in der bei letzterer in der Tiefe der Mündung ganz auffallend der Oberlamelle nahegerückten und ihr parallel laufenden Unterlamelle.

Cl. shangaiensis Pfr. und ihre Varietät Möllendorffi v. Mart. weichen dagegen von sämmtlichen genannten Arten schon durch die weitläufig gestellten Runzelstreifen des buckelig aufgeblasenen letzten Umgangs ab.

Clausilia javana Pfr.
(Clausilium Taf. IV, fig. b.)

Clausilium aff. illo Cl. shangaiensis Pfr., sed lamina aliquantulum longiore, subtus magis dilatata, latum, marginibus subtus divergentibus, apice recurvo, media parte acuminato.

Das Schliessknöchelchen ist ähnlich dem von Cl. shangaiensis Pfr., zu deren näherer Verwandtschaft ich dieselbe auch zähle, aber mit etwas längerer, unten mehr verbreiterter Platte. Im allgemeinen breit, besonders auf der Aussenseite gerundet erweitert, zeigt dasselbe nach unten divergirende Ränder, ist dann zurückgekrümmt und am Unterende fast in der Mitte lanzettförmig zugespitzt.

Bei dieser Gelegenheit sei bemerkt, dass die Art, wie wohl die meisten Phaedusa-Arten, lebendig gebärend ist.

Clausilia japonica Crosse var. nipponensis Kob.
(Clausilium Taf. IV, fig. d.)

Clausilium aff. illo Cl. validae Pfr., latissimum, lamina parum modo longiore quam latiore, margine exteron subtus valde rotundato-protracto, apice recurvo, torto, contracto, acutissimo.

Das Schliessknöchelchen ist ähnlich dem von Cl. valida Pfr., mit der die Art eine gut abgeschlossene kleinere Gruppe (Stereophaedusa m.) bildet, auffallend breit, die Platte nur wenig länger als breit, der äussere Rand besonders nach unten hin stark gerundet-vorgezogen und etwas verdickt, die Spitze rechtwinklig zurückgekrümmt, etwas nach aussen gedreht, plötzlich verschmälert und in eine scharfe Spitze ausgezogen.

Das Exemplar, von dem das Clausilium entnommen wurde, stammt von Kobe (Japan).

Clausilia valida Pfr.
(Clausilium Taf. IV, fig. c.)

Clausilium aff. illo Cl. japonicae Crosse var. nipponensis Kob., sed margine externo subtus magis rotundato-protracto, apice magis recurvo, breviore, rotundato-acuminato.

Das Schliessknöchelchen ist ähnlich dem von Cl. japonica Crosse var. nipponensis Kob., aber der Aussenrand der Platte ist nach unten noch auffallender gerundet-vorgezogen, die Spitze stärker zurückgekrümmt, überhaupt kürzer und nur mässig verrundet-zugespitzt.

Das Exemplar, von dem dasselbe entnommen ist, stammt von den Liu-Kiu-Inseln (China).

Clausilia vasta n. sp
(Taf. III, fig. 4.)

Char. Affinis Cl. yokohamensis Crosse var. Reiniana Kob., sed dimidio minor, striis plus minus validis, regularibus ornata, cornea aut albido-cornea, anfractibus 10, ultimo magis inflato. Apertura oblique-ovalis, intus cornea aut albescens; peristoma callo distincto junc-

4*

tum, margine columellari plus minus angulatim protracto. Lamella supera submarginalis, infera ut in Cl. Reiniana Kob., subcolumellaris plus minus *emersa*. Sub plica principali loco lunellae deficientis palatales 4—5, quarum prima *ultima*que longiores. Alt. 25—29 $^1/_2$ Mm., lat. 6 $^1/_2$ —7 $^1/_2$ Mm. Alt. apert. 6 $^1/_2$ —7 $^1/_2$ Mm., lat. apert. 4 $^1/_2$ —5 $^1/_2$ Mm.

Die Art ist nahe verwandt der Cl. yokohamensis Crosse var. Reiniana Kob., aber nur halb so gross, mehr oder weniger stark regelmässig gestreift, hornfarbig mit einem Stich ins Olivengrüne oder Weissgelbe und besitzt 10 Umgänge, welche ähnlich wie bei jener geformt sind, von denen aber der letzte mehr buckelig-aufgeblasen erscheint. Die Mundöffnung ist etwas schiefer gestellt, oval und innen hornfarbig oder weisslich, der Mundsaum weiss, durch einen deutlichen, aber meist hornfarbenen Callus verbunden, der Spindelrand an der Stelle, wo die Unterlamelle ausläuft, stets mehr oder weniger winklig vorgezogen. Die Oberlamelle reicht fast bis an den Rand, erhebt sich nach innen dreieckig und geht ununterbrochen in die Spirallamelle über, die Unterlamelle entspricht genau der von Cl. Reiniana Kob., die Subcolumellarlamelle dagegen tritt stets deutlicher heraus als bei dieser. Der auffallendste Unterschied aber besteht in der bedeutenderen Länge der an Stelle einer Mondfalte unter der verhältnissmässig kurzen Prinzipalfalte stehenden 4—5 Gaumenfalten, von denen die oberste und unterste länger sind als die mittleren.

Fundort. Wurde von Hrn. Prof. Dr. J. J. Rein in Japan gesammelt und zwar 3 Stücke bei Seluchi, auf dem Wege zwischen Hinga und Bugo, 3 Stücke bei Nagasaki auf Kiushu und eins an unbekanntem Fundort, und mir von Hrn. Dr. W. Kobelt freundschaftlichst mitgetheilt.

Bemerkungen. Die Art scheint ziemlich stark in der Färbung und in der gröberen oder mehr feinen, stets aber deutlichen Streifung der Sahale zu variiern. Nach einer beigelegten Etiquette ist dieselbe früher von Herrn v. Martens und ihm folgend auch von Kobelt, verleitet durch die sehr unvollkommene Crosse'sche Diagnose für Cl. japonica Crosse gehalten worden, die aber neuerdings von Herrn v. Martens und auch von mir richtiger mit Cl. nipponensis Kob. in nahe Beziehung gebracht wird.

Clausilia viridiflava n. sp.

(Taf. III, fig. 5.)

Char. Peraffinis C. validiusculae v. Mart. et forsan varietas ejus, sed gracilior, spira magis attenuata, sed apice minus acuto, aufracticus 12. Apertura subrecta, elongato-ovalis, marginibus subparallelis; lamella supera magis obliqua, versus marginem externum *arcuata*, infera intus *valde* calloso-*bifurcata*. Sub plica principali palatales 6 irregulariter flexae, quarum prima, tertia et quinta subaecquales majores, secunda, quarta et sexta subaequales minores.

Alt. 26 Mm., lat. $5\frac{1}{2}$ Mm. Alt. apert. $5\frac{1}{2}$ M., lat. apert. 4 Mm.

Sehr nahe verwandt der Cl. validiuscula v. Mart. und vielleicht nur eine Varietät dieser Art, aber schlanker, mit mehr verschmälerter, längerer Spitze, aber stumpferem Embryonalende als diese und 12 deutlich dicht gestreiften Umgängen, deren olivenfarbene, ins Grüngelbe spielende Epidermis sich bei der Verwitterung des Gehäuses in Längsstreifen ablöst. Die Mundöffnung ist äusserlich der von validiuscula sehr ähnlich, fast senkrecht gestellt, aber länger oval mit fast parallelen Seitenrändern; die Oberlamelle ist merklich schiefer und hakenförmig nach links gekrümmt, innen dreieckig, die Unterlamelle innen nicht einfach wulstförmig, sondern in zwei starke Aeste gegabelt, von denen der untere etwas schmäler erscheint, als der obere. Unter

der kräftigen Principalfalte liegen 6 auffallend unregelmässig gebogene Gaumenfalten, deren ungerade Nummern
gleichlang und länger, deren gerade Nummern gleichlang
und kürzer erscheinen.

Fundort. Wurde von Herrn Prof. Dr. J. J. Rein auf
Kiushu in Japan gesammelt und mir von Herrn Dr. W. Kobelt
mitgetheilt; nur ein einzelnes Exemplar.

Bemerkungen. Der Cl. validiuscula v. Mart. zwar
sehr nahe stehend, aber doch durch längere Gehäusespitze,
die innere Form der Unterlamelle und die zahlreicheren
Gaumenfalten wahrscheinlich artlich zu unterscheiden. Von
Cl. interlamellaris v. Mart., mit der sie die Form der Oberlamelle gemein hat, und die mit ihr und der ebengenannten
validiuscula und der gleichfalls japanischen Hickonis eine
kleine scharf begränzte Gruppe bildet, ist sie durch das
grössere, verlängerte Gehäuse und ebenfalls durch die Unterlamelle verschieden, die an der Basis statt eines dicken
Knotens bei unserer Art eine hohe aufwärts nach innen
laufende Falte abzweigen lässt; auch fehlt viridiflava die
Interlamellarfalte.

Clausilia validiuscula v. Mart. var. bilamellata m.
(Taf. III, fig. 6.)

Char. Apertura minore, ovato-quadrangula; lamella subcolumellari *immersa.*

Alt. 22½ Mm., lat. 5 Mm. Alt. apert. 5 Mm., lat.
apert. 3¾ Mm.

Diese Varietät zeigt eine kleinere, eiförmig-viereckige
Mündung mit versteckter, nur bei schiefem Einblick in die
Mündung sichtbarer Subcolumellarlamelle. Die 3 mittel-
langen Gaumenfalten unter der Principale haben genau dieselbe Gestalt und Lage wie bei der Stammform. Dagegen
erscheint der Mundsaum etwas weniger breit umgeschlagen.

Fundort. Mit der Stammart von Hrn. Prof. Dr. J. J.
Rein auf Kiushu in Japan gesammelt und mir durch Hrn.
Dr. W. Kobelt mitgetheilt; nur ein Exemplar.

Clausilia Hickonis n. sp.

(Taf. III, fig. 7a u. b.)

Char. Testa breviter rimata, elongato-fusiformis vel
elongato-conica, solida, plus minus valide striata, pallide
cornea, vix nitidula, spira *longe attenuata*, apice *obtusissimo;* anfractus 13½ fere plani, primi 6 — 8 vix
crescentes, ultimus dorso satis complanatus, basi inflatus, ante marginem vix aliter striatus paullumque
major ac penultimus. Apertura parva aut recta aut
obliqua, basi recedens, subovalis; peristoma valde incrassatum, vix solutum, reflexum, albolabiatum. Lamellae validae, supera perobliqua, marginalis, intus
praerupte descendens cum spirali contigua aut continua; infera oblique ascendens in profundo dextror-
sum retorta, basi subabrupta nodifera; subcolumellaris tenuis, emersa, marginem subattingens. Plica principalis mediocris, profunda; palatales tres aut quatuor
aequidistantes profundae laterales obliquae, quarum
prima ultimaque maximae, secunda aut tertia minima.
Lunella nulla.

Alt. 28—29 Mm., lat. 5½—5¾ Mm. Alt. apert.
5¾—6 Mm., lat. apert. 4¼—4¾ M.

var. binodifera m. (fig. 7 b.) Testa magis ventriosa,
valde striata, anfractu penultimo inflato, ab ultimo
sutura obliquiore disjuncto. Apertura major, perobliqua,
elongato-ovalis; lamella infera basi nodulis duobus;
palatales quatuor, quarum secunda et tertia breviores.

Alt. 31 Mm., lat. 7½ Mm. Alt. apert. 7 Mm., lat.
apert. 2 Mm.

Die Stammart ist kurz geritzt, verlängert-kegelförmig

oder langspindelförmig, festschalig, mehr oder weniger stark
gestreift, bleich hornbraun, kaum glänzend und zeigt ein
lang verschmälertes Gewinde mit auffallend stumpfer Gehäusespitze. Die 13 ½ Umgänge sind fast eben, die 6 — 8
ersten nur äusserst langsam an Höhe zunehmend, der letzte
auf dem Rücken etwas abgeflacht, nach unten aber sack-
artig aufgeblasen, kaum stärker gestreift und wenig höher
als der vorhergehende. Die kleine Mundöffnung ist entweder senkrecht oder mässig schief gestellt, unten etwas
zurücktretend und von nahezu ovaler Gestalt; der Mundsaum
sehr verdickt, oben kaum abgelöst, überall zurückgeschlagen
und mit weisser Lippe belegt. Die Lamellen sind kräftig;
die obere sehr schief gestellt, den Rand meist berührend,
immer erhöht und nach vorn und hinten steil abfallend,
mit der Spirallamelle vereinigt oder dieselbe wenigstens
berührend; die Unterlamelle fast geradlinig oder wenig
convex, schief nach aufwärts steigend, in der Tiefe nach
rechts zurücklaufend, an der Basis fast abgestutzt zu nennen
und vor dieser Abstutzung unten mit einem wulstförmigen
Knoten versehen; die Subcolumellarlamelle dünn, heraustretend, doch vor dem Aussenrand endigend. Die Principalfalte erscheint mässig lang und liegt etwas tief; die 3 oder
4 schiefen Gaumenfalten liegen gleichfalls tief, seitlich, in
nahezu gleichen Abständen. Die oberste und unterste derselben länger; wenn 4 vorhanden sind, ist die vierte punktförmig und zwischen 1 und 2 oder zwischen 2 und 3 ein-
geschoben. Eine Mondfalte fehlt gänzlich.

Die Varietät ist etwas grösser, bauchiger, entschieden
stärker gestreift, der vorletzte Umgang aufgeblasen, vom
letzten durch schiefere Naht geschieden. Die Mündung ist
relativ grösser, sehr schief gestellt, mehr lang-oval; die
Unterlamelle zeigt zwischen der knotenförmigen Anschwellung auf der Unterseite der Basis und dem Mundrand noch
ein zweites kleineres Knötchen; die vierte Gaumenfalte ist

deutlicher entwickelt, indem 2 und 3 unter sich gleichlang erscheinen.

Fundort. Japan, von Hrn. Prof. Dr. J. J. Rein gesammelt
und mir unter obigem Namen von Hrn. Dr. W. Kobelt
zur Publication mitgetheilt; die Stammart in zwei, die Varietät in einem Exemplar.

Bemerkungen. Die Art ist durch den an Cl. Whatelyana Charp. erinnernden Habitus leicht von allen bis jetzt
beschriebenen asiatischen Clausilien zu unterscheiden. Abgesehen von Cl. validiuscula v. Mart. und interlamellaris
v. Mart., die zu demselben Formenkreis gehören, sich aber
auf den ersten Blick durch ihre abweichende Gehäuseform
erkennen lassen, zeigt nur die grössere, glatte und glänzende
Cl. ducalis Kob. in Gestalt und Bezahnung einige Aehnlichkeit, doch muss dieselbe der Gabelung der Unterlamelle
und der zahlreichen punktförmigen Gaumenfalten wegen
einer andern Untersippe zugewiesen werden.

Die Varietät binodifera unterscheidet sich meiner Ansicht
nach trotz der etwas abweichenden äusseren Form nicht
hinlänglich, um als selbstständige Species gelten zu können.
Jedenfalls wird erst das Auffinden weiterer Exemplare leh-
ren können, in wieweit die angeführten Unterschiede von
der Stammform als constant anzusehen sind.

Clausilia ptychochila n. sp.

(Taf. III, fig. 8.)

Char. Testa breviter rimata, ventrioso- fusiformis, solida,
exceptis anfractibus 4 primis dense-costulata, albido-
cornea, spira concave attenuata, apice satis acuto;
anfractus 11 modice convexi, penultimus inflatus ab
ultimo dorso complanato sutura perobliqua disjunctus,
ultimus basi non cristatus, costis magis distantibus
ornatus. Apertura perobliqua, basi recedens, rhom-
boideo-piriformis; peristoma valde incrassatum, superne

sinuatum et appressum, reflexum, albocallosum, late
labiatum. Lamellae validae, supera subrecta, marginalis, fossula ab *interlamellari plicis permultis corru-
gato* separata, cum spirali continua; infera sigmoidea,
media parte callosa, intus spiraliter recedens a subcolumellari validissima spiraliter usque ad marginem
attingente fossula lata sejuncta. Plica principalis
magna, vix perspicua; palatalis supera minima et infera
longior cum lunella brevi, stricta, basi ramum retrorsum mittente connexae.
Alt. 24 $1/2$ Mm., lat. 6 $1/2$ Mm. Alt. apert. 6 $1/2$ Mm.,
lat. apert. 4 $1/2$ Mm.

Die kurzgeritzte Schale ist bauchig-spindelförmig, dick-
schalig, mit Ausnahme der 4 ersten Umgänge eng rippenstreifig, die Zwischenräume so breit oder wenig breiter wie
die Rippen selbst, weisslich-hornfarben, mit concav ausge-
zogener Spitze und ziemlich spitzem Wirbel. Die 11 Windungen sind mässig gewölbt, die vorletzte etwas aufgeblasen
und von dem auf dem Rückentheil mässig abgeplatteten
letzten Umgang durch eine auffallend schiefe Naht getrennt,
die letzte an der Basis nicht oder kaum gekielt zu nennen
und mit etwas weitläufigeren Rippen geziert. Die Mundöffnung ist sehr schief, an der Basis etwas zurücktretend,
rhomboidisch-birnförmig; der Mundsaum stark verdickt, oben
stumpfwinklig gebuchtet und etwas angedrückt, zurückgeschlagen, weisswulstig, breit gelippt. Die Lamellen sind
kräftig entwickelt, die obere fast senkrecht, randständig,
von dem mit zahlreichen, schwachen, gerundeten Fältchen
versehenen Interlamellar durch einen tiefen Canal getrennt,
mit der Spirallamelle hinten vereinigt; die Unterlamelle ist
S-förmig geschwungen, in ihrem mittleren Theile wulstig
vortretend, nach hinten spiralig sich zurückziehend und von
der sehr kräftigen Subcolumellarlamelle durch einen breiten
Canal getrennt. Auch nach unten ist die spiralig bis an

deu Mundsaum ziehende Subcolumellare durch einen tiefen
Canal von dem hier ebenfalls schwach gerältelten Peristom
geschieden. Die Principalfalte ist lang, kaum durchscheinend; die kleine obere und die längere untere Gaumenfalte
sind mit der kurzen, geraden Mondfalte verbunden, die an
der Basis einen deutlichen Ast nach rückwärts sendet.

Fundort. Vaterland vermuthlich China. Mit der Bezeichnung Cl. Cccillei Pfr. von Herrn Dr. W. Kobelt zur
Untersuchung erhalten; ein Exemplar.

Bemerkungen. Eine im Habitus der Cl. pluviatilis
Bens. ähnliche Art, die ich unbedenklich mit Cl. plicilabris
A. Ad. identifiziert haben würde, wenn nicht die Worte
„lamella infera profunda, bipartita“ und die auffallend geringe angegebene Grösse von „alt. 8, lat. 2 lin.“ auf eine
andere Art schliessen liessen.

Clausilia attrita n. sp.

(Taf. IV, fig. 1.)

Char. Testa grandis, breviter rimata, gracilis, fusiformis,
parum ventriosa, *decollata*, solida, costulato-striata,
sed valde detrita, albida; anfractus superstites 6 $\frac{1}{2}$ —7 $\frac{1}{2}$
modice convexi, suturis profundis disjuncti, subalti,
ultimus vix attenuatus prope aperturam parum validius
costulato-striatus, circiter $\frac{1}{3}$ omnis altitudinis aequans.
Apertura recta, basi vix recedens, plus minus ovata;
sinulus quadrangulus; peristoma continuum, solutum,
superne appressum parumque sinuatum, undique
reflexum, late labiatum, albo-callosum. Lamella supera
maxima, obliqua, marginalis, triangularis, cum lamella
spirali continua; infera sigmoidea, callosa, intus subfurcata et a basi intuenti spiraliter recedens; subcolumellaris conspicua sed vix emersa. Interlamellare
modice excavatum. Plica principalis mediocris, pro-

funda, a lunella laterali longa, superne arcuata, recurva,
subtus stricta et denique modo literae graecae λ ramos
antrorsum retrorsumque mittente disjuncta.
Alt. 29—35 Mm., lat. 7 — 7¹/₂ Mm. Alt. apert.
7—8¹/₂ Mm., lat. apert. 6 Mm.

Die grosse, schlanke, regelmässig spindelförmige, wenig
bauchige, an der Spitze decollierende Schale zeigt kurzen
Nabelritz und solide Wandungen, die aber dergestalt abgerieben sind, dass man von der ursprünglichen Färbung und
der nur noch an dem letzten Umgang deutlichen Rippen-
streifung kaum noch etwas bemerkt. Die 6¹/₂ — 7¹/₂ übrig
gebliebenen, graulichweiss gefärbten Windungen sind mässig
gewölbt, verhältnissmässig hoch und durch tiefe Nähte von
einander geschieden; der letzte kaum verschmälerte und nahe
der Mündung wenig stärker gestreifte Umgang erreicht etwa
den dritten Theil der decollierten Schale. Die senkrechte, an
der Basis wie an ihrem Obertheil wenig zurückweichende Mündung ist mehr oder weniger regelmässig eiförmig; der Sinulus
nahezu quadratisch; der Mundsaum zusammenhängend, gelöst,
oben angedrückt und schwach gebuchtet, überall umgeschlagen,
breit gelippt und mit dicker weisser Schwiele belegt. Die
sehr starke, randständige, innen deutlich dreieckige Oberlamelle steht schief· und läuft in die Spirallamelle über;
die wulstige Unterlamelle ist S-förmig gedreht, innen sehr
schwach gegabelt und von unten gesehen spiralförmig sich
zurückziehend; die fadenförmige Subcolumellarlamelle ist
deutlich sichtbar, tritt aber in der Vorderansicht nur schwach
heraus. Das Interlamellar ist mässig vertieft. Die mässig
lange, tiefliegende Principalfalte ist von der seitlich gelegenen, langen, oben sanft gebogenen und zurückgekrümmten,
unten geradlinigen Mondfalte durch einen kleinen Zwischenraum getrennt; die Mondfalte unten nach vorn wie nach
hinten einen schwachen Ast entsendend, der ihr die Form
eines griechischen λ gibt. Die sehr kleine obere und die

ebenfalls nur schwach entwickelte untere Gaumenfalte sind also mit der Mondfalte innig verschmolzen.

Fundort. Japan; von Hrn. Prof. Dr. J. J. Rein 1875 gesammelt und mir von Hrn. Dr. W. Kobelt zur Bearbeitung übergeben; nur 2 Exemplare.

Bemerkungen. Trotz der schlechten Erhaltung der Schalenoberfläche — die Bauchseite des Gehäuses ist vollkommen abgescheuert — dürften die vorliegenden Exemplare, die abgesehen von der Grösse unter sich vollkommen übereinstimmen, doch nicht lange nach dem Tode gesammelt sein, da die Mündung innen noch vollkommen glatt und glänzend erscheint.

Durch die starkausgeprägte lange Mondfalte und die decollierende Schale neben der beträchtlichen Grösse ist diese Art von allen bisher beschriebenen japanesischen Species leicht zu unterscheiden.

Clausilia platydera v. Mart.

(Clausilium Taf. IV, fig. c.)

Clausilium angustum, linguaeforme, canaliculatum, marginibus subtus modice convergentibus, apice parum incrassato, rotundato-acuminato.

Das Schliessknöchelchen ist wie bei der ganzen Untergruppe der Cl. pluviatilis Bens. (Hemiphaedusa m.) schmal, zungenförmig, rinnenartig, mit nach unten mässig convergierenden Seitenrändern und wenig verdicktem, linkerseits abgerundet zugespitztem Unterende.

Das Exemplar, von dem das Clausilium entnommen ist, stammt von Kobe (Japan).

(Schluss folgt.)

Beiträge zur Naturgeschichte der Lungenschnecken.

4. Die Agnathen.

Von

Dr. Georg Pfeffer in Berlin.

In der vorliegenden Arbeit habe ich zunächst neue Beobachtungen über verschiedene Species der drei Familien der Pulmonata Agnatha niedergelegt, sodann versucht, unter Zugrundelegung des vorhandenen Beobachtungsmateriales eine allgemeine Naturgeschichte der Familien und schliesslich der ganzen Gruppe zu geben.

Ennea insignis Pfr.

Victoria, Bonjongo, Buchholz.

Die Fussseiten sind runzlig gekörnelt, auf dem Rücken eines Exemplares fand sich eine mediane Längsfurche, die, aus der Entfernung gesehen, ziemlich scharf erschien, genauer betrachtet, jedoch durch jede Runzel abwechselnd nach rechts und nach links etwas abgelenkt wurde.

Die Sohle scheint beim lebenden Thier nicht ausgezeichnet zu sein; man kann sogar behaupten, dass Ennea für eine Dreitheiligkeit der Sohle, wozu Heliciden, Vitriniden und Zonitiden incliniren, nicht beanlagt ist, denn contrahirte Spiritusexemplare zeigten an der Sohle Querrunzeln, die die ganze Breite des Fusses ziemlich regelmässig und parallel durchsetzten; bei einem Exemplar war sogar die Sohle durch e i n e Längsfurche in z w e i Felder getheilt. (Dies scheint bei Streptaxis der gewöhnliche Fall zu sein, s. u. a. Stoliczka, Notes of the terrestrial mollusca from the neighbourhood of Moulmein, Fam. Streptaxidae. Asiatic society Bengal Vol. XL. part. II. 1871. p. 159.)

Neue recente Clausilien. I.

Von

Dr. O. Boettger in Frankfurt a. M.

(Schluss.)

Clausilia platydera v. Mart. var. lambda m.

(Taf. IV, fig. 2.)

Char. Testa ventrioso-fusiformis, spira regulariter attenuata, albido-cornea, anfractibus 11, penultimus valde
inflatus, ab ultimo sutura obliquiore disjunctus. Apertura magis obliqua; peristoma superne haud solutum.
Lamella spiralis contigua aut continua; infera fere
usque ad marginem attingens, retrorsum oblique ascendens, strictiuscula aut modice sigmoidea, plus minus
subfurcata; subcolumellaris inferae proxima *subimmersa.*
Lunella longior, lateralis,` plicis palatalibus supera
minima inferioreque minore connexa, literam graecam
λ formans, *cum plica principali angulum rectum* seu
fere obtusum *exhibens.*

Alt. 25—26 Mm., lat. $6^1/_4$—7 Mm. Alt. apert. $6^1/_2$
Mm., lat. apert. 5 Mm.

Diese Form unterscheidet sich von der typischen platydera v. Mart., die mir in zahlreichen Exemplaren vorliegt,
durch folgende Merkmale: Die bauchig-spindelförmige, oben
regelmässig verschmälerte, weisslich-hornfarbene Schale
zeigt 11 Umgänge, deren vorletzter stark aufgeblasen und
durch eine schiefere Naht von dem letzten getrennt erscheint.
Die Mündung steht schiefer, der Mundsaum ist oben nicht
losgelöst. Die Spirallamelle berührt oft nur die Oberlamelle,
ohne mit derselben innig zu verschmelzen; die Unterlamelle
läuft fast bis an den Mundrand, steigt nach rückwärts in
gerader Linie oder in flach S-törmiger Krümmung schief in
die Höhe und ist in der Tiefe mehr oder weniger deutlich

gabeltheilig; die Subcolumellarlamelle steht der Unterlamelle sehr nahe und ist nur bei schiefem Einblick in die Mündung sichtbar. Die seitlich gelegene Mondfalte ist ziemlich lang, mit der kleinen schief nach rückwärts gewendeten oberen und der ihr parallelen etwas längeren unteren Gaumenfalte verschmolzen und sammt dem nach hinten gerichteten unteren Fortsatz der Lunelle ein deutliches griechisches λ bildend. Der Winkel, den die Mondfalte mit der Principalfalte macht, ist etwas grösser als ein Rechter.

F u n d o r t. Japan; von Hrn. Prof. Dr. J. J. Rein gesammelt und als platydera v. Mart. vom Tauschverein d. d. Malakozool. Gesellsch. erhalten; bis jetzt nur 2 Exemplare.

B e m e r k u n g e n. Zwar der typischen platydera und auch der platyauchen v. Mart., die mir in 3 von Rein bei Yamato gesammelten Stücken vorliegt, sehr nahe verwandt, aber von ersterer durch die nicht heraustretende Subcolumellarlamelle und die Stellung der Mondfalte, die bei dieser einen spitzen Winkel mit der Principalfalte bildet, von platyauchen durch die bauchigere Totalgestalt, die eben noch sichtbare Subcolumellarlamelle, sowie durch die ganz geradlinig nach dem Mundrand verlaufende, an der Basis weniger winklig gebogene und hier nicht knotig verdickte Unterlamelle zu unterscheiden. Vielleicht eigene Species.

Clausilia strictaluna n. sp.

(Taf. IV, fig. 3 u. 4.)

C h a r. Testa non rimata, ventrioso-fusiformis, solida, parum nitida, subtilissime striata, flavido-cornea; spira breviter concave - producta; apice acuto, laevi, flavido-albescente. Anfractus 9½ parum convexi, suturis simplicibus disjuncti, ulteriores tres peralti, ultimus satis attenuatus, pone aperturam parum inflatus, fere ⅓ omnis altitudinis aequans, regulariter dense costulato-striatus, striis valde obliquis. Apertura subrecta, parva, rotundato-piriformis, lata, sinulo magno, satis alto; peristoma continuum, solutum, superne valde sinuatum aliquantulumque protractum, parum expansum, reflexum, satis incrassatum, flavido-albescens. Lamellae parvae, supera *humilis*, 'triangularis, cum spirali contigua, peristoma attingens; infera *remotissima*, *subverticalis*, intus obsolete furcata; subcolumellaris *immersa*. Plica suturalis principalisque mediocris, profunda parum perspicuae, principalis ultra lunellam lateralem , satis elongata; palatalis *unica* supera *minima*, postice cum principali convergens, subtus cum lunella valde *obliqua*, *strictissima*, *longa*, tenui, perspicua connexa.

Alt. $13^1/_2$ Mm., lat. $3^1/_2$ Mm. Alt. apert. 3 M., lat. apert. $2^1/_2$ Mm.

var. major m. (fig. 4.) Testa majore, nonnunquam graciliore, anfractibus $9^1/_2$ — $10^1/_2$, ultimo $^1/_3$ — $^2/_7$ omnis altitudinis aequante, lamellis validioribus, supera cum spirali continua, infera intus distinctius furcata, subcolumellari *subhorizontaliter arcuatim emersa*, plica suturali principalique longioribus.

Alt. $13^1/_2$ — $17^1/_2$ Mm., lat. $3^3/_4$ — 4 M. Alt. apert. $3^3/_4$ Mm., lat. apert. $2^3/_4$ Mm.

Die Stammart zeigt ein solides, bauchig-spindelförmiges, wenig glänzendes, äusserst fein gestreiftes, gelblich-hornbraunes Gehäuse ohne deutlichen Nabelritz und mit kurzem, concav-ausgezogenem Gewinde, dessen glatter, weisslichgelber Wirbel verhältnissmässig spitz ist. Die $9^1/_2$ wenig gewölbten Umgänge werden durch einfache Nähte geschieden, die drei untersten sind verhältnissmässig sehr hoch, der letzte durch reichliche Compression etwas verschmälert, vor der Mündung nur schwach aufgeblasen, fast $^1/_3$ der Gesammthöhe betragend und regelmässig dicht rippenstreifig, die Streifen ziemlich schief gestellt und überdies auf dem Nacken noch ausserdem etwas gebogen. Die fast senkrecht gestellte, kleine, breite, gerundet-birnförmige Mündung besitzt einen grossen, ziemlich weiten Sinulus; ihr Mundsaum ist zusammenhängend, losgelöst, oben stark ausgebuchtet und etwas vorgezogen, aber wenig ausgebreitet, überall zurückgeschlagen, mässig verdickt und mit dünner gelblichweisser Lippe belegt. Von den schwach ausgebildeten Lamellen ist die obere niedrig, dreieckig, die Spirallamelle berührend, randständig, die untere sehr zurücktretend, fast senkrecht gestellt, tief im Innern undeutlich gabeltheilig, die Subcolumellarlamelle unsichtbar. Suturale und Principale sind mässig lang, tiefliegend und kaum durchscheinend, die letztere ziemlich weit über die seitliche Mondfalte hinaus verlängert. Nur eine kleine obere Gaumenfalte, die nach hinten mit der Principalfalte convergirt, in der Mitte aber mit der sehr schief gestellten, fast geradlinigen, langen, dünnen, lebhaft weiss durchscheinenden Mondfalte innig verschmolzen.

Die Varietät zeigt neben grösserer und mitunter schlankerer Schale $9\frac{1}{2} - 10\frac{1}{2}$ Windungen, deren letzte $\frac{1}{3} - \frac{2}{7}$ der Gesammthöhe erreicht, und kräftiger ausgebildete Lamellen, deren obere mit der Spirallamelle vereinigt ist, während die untere deutlicher gabeltheilig erscheint und die Subcolumellarlamelle fast horizontal im Bogen heraustritt. Suturale und Principalfalte sind länger.

Fundort. Japan; die Stammart von Nagasaki auf Kiushu als Cl. proba A. Ad. durch den Tauschverein d. d. Malakozool. Gesellsch. erhalten (1 Exemplar), die Varietät von Hrn. Dr. J. J. Rein im Mai 1875 bei Seluchi zwischen Hiuga und Bugo gesammelt und mir von Hrn. Dr. W. Kobelt zur Publication mitgetheilt (15 Exemplare).

Bemerkungen. Besonders durch die solide Schale, die ins Gelbliche spielende Hornfarbe und die auffallende Höhe der drei letzten Umgänge ausgezeichnet. Die Art ist durch die grössere Zahl der Umgänge, die schwächere Oberlamelle und die lebhaft weiss durchscheinende, perfekte, geradlinige Mondfalte von Cl. proba A. Ad. — wenigstens nach der Adams'schen Diagnose — leicht zu unterscheiden.

Clausilia aurantiaca n. sp.

(Taf. IV, fig. 5.)

C h a r. Testa breviter rimata, ventrioso-fusiformis, spira elongata, valde concave-producta, non decollata, apice acuto; solida, subtilissime dense striata, *laete rutila* seu aurantiaca, apice pallidiore, modice nitida. Anfractus $10\frac{1}{2}$ 11, quorum 3 primi non crescentes ulterioresque 4 peralti, modice convexi, suturis profundis disjuncti, ultimus penultimo parum major, dorso complanatus, pone aperturam subgibber, subtilissime costulato-striatus. Apertura parva, obliqua, superne basique recedens, rotundato-rhomboidea; peristoma continuum, solutum, tubiforme, reflexum, incrassatum, labio lato flavescenti munitum. Lamellae parvae marginales; supera obliqua, cum spirali continua, intus parum altior; infera peraff. lam. inferae in Cl. bilabrata Edg. Smith, debilis, strictiuscula oblique ascendens, basi subfurcata, a lamella supera valde remota, fossula a subcolumellari tenui, pliciformi, marginem attingente sejuncta. Plica principalis longissima, fere usque ad peristoma conspicua, ultra lunellam *fere ventralem* satis elongata; palatalis supera parva, antice cum principali divergens et infera longior parallela, cum lunella brevi, stricta, obliqua modo literae I connexae.

Alt. 11—16 Mm., lat. $2\frac{3}{4}$—$3\frac{3}{4}$ Mm. Alt. apert. $2\frac{1}{2}$—$3\frac{1}{2}$ Mm., lat. apert. $1\frac{3}{4}$—$2\frac{3}{4}$ Mm.

Die kurz geritzte, bauchig-spindelförmige, solide, äusserst fein und dicht gestreifte, mässig glänzende Schale hat ein verlängertes, auffallend concav aufgesetztes Gewinde, nicht decollirende, scharfe Spitze und lebhaft braunrothe oder schmutzig orangefarbene Grundfarbe mit bleicherem Embryonalende. Die $10\frac{1}{2}$ — 11 mässig gewölbten Umgänge werden durch tiefe Nähte geschieden; die 3 obersten sind fast gleich gross, die vier letzten verhältnissmässig sehr hoch, der letzte wenig höher als der vorletzte, auf dem Rücken etwas abgeflacht, vor der Mündung leicht der Quere nach aufgeblasen und äusserst fein rippenstreifig. Die kleine, schief gestellte, oben und unten etwas zurückgezogene Mündung ist verrundet rhombisch, der Mundsaum zusammenhängend, gelöst, trompetenförmig ausgebreitet, verdickt, zurückgeschlagen und mit breiter gelblicher Lippe belegt. Von den kleinen randständigen Lamellen ist die obere schiefgestellt, innen wenig höher und mit der Spirallamelle vereinigt, die untere sehr ähnlich der Unterlamelle von Cl. bilabrata Edg. Smith, nämlich schwach ausgebildet, fast geradlinig in schiefer Richtung in die Höhe steigend, etwa in der Mitte ihrer inneren Ausdehnung schwach gabeltheilig und von der Oberlamelle weit entfernt. Sie wird durch einen eingedrückten Canal von der auch auf der unteren Seite von einer Furche begränzten, als dünne Falte bis an den äusseren Mundsaum laufenden Subcolumellarlamelle geschieden. Die Principalfalte ist auffallend lang, vorn fast bis ans Peristom zu verfolgen, hinten noch ein gutes Stück über die fast bauchständige Mondfalte hinausreichend. Unter der Principalfalte bemerkt man eine kleine obere, nach vorn mit ihr divergirende Gaumenfalte, die wie die ihr parallele, etwas längere untere Gaumenfalte mit der kurzen, geraden, schiefgestellten Mondfalte nach Art einer römischen I verschmolzen ist.

Fundort. Japan; von Hrn. Prof. Dr. J. J. Rein gesammelt und mir durch Hrn. Dr. W. Kobelt zur Publication mitgetheilt; 12 Exemplare.

Bemerkungen. An ihrer Verwandtschaft mit Cl. bilabrata Edg. Smith, d. h. an der fast ventral gestellten

Mondfalte, der concav ausgezogenen Gehäusespitze und der frisch ins Orangerothe ziehenden Färbung leicht zu erkennen. — Variirt stark in Bezug auf Grösse.

Clausilia bilabrata Edg. *Smith.*

(Taf. IV, fig. 6; Clausilium Taf. IV, fig. f.)

C h a r. Testa breviter rimata, elongato-fusiformis, spira fere semper *decollata*, solida, subtilissime obsolete striata, pallide cornea, vix nitidula. Anfractus $12-13\frac{1}{2}$, lente accrescentes, quorum $6\frac{1}{2}-8\frac{1}{2}$ superstites fere plani; ultimus humilis, dorso modice complanatus, ante marginem parum inflatus, subtiliter rugoso-costulatus. Apertura parva, obliqua, basi recedens, rotundato-rhomboidea; peristoma valde incrassatum, valde calloso-reflexum, saepe quasi bilabiatum, parum solutum, late albolabiatum. Lamellae marginales, supera aut parum aut valde obliqua, intus praerupte descendens, cum spirali aut contigua aut sejuncta; infera debilis, strictiuscula ascendens, subtruncata, intus subfurcata, a lamella supera valde remota, fossula a subcolumellari tenui, pliciformi, marginem attingente sejuncta. Regio peristomatis prope lamellam inferam subcolumellaremque plus minus *plicatula*. Plica principalis longissima, conspicua, ultra lunellam *fere ventralem*, strictam, ab illa vix sejunctam parum elongata; palatalis infera minor, cum lunella connexa, vix perspicua. Alt. tot. 21—24 Mm.; alt. decoll. $19-24\frac{1}{2}$ Mm., lat. $4\frac{1}{2}-6$ Mm. Alt. apert. $4\frac{1}{2}-6$ Mm., lat. apert. $3\frac{1}{2}-4\frac{3}{4}$ Mm.

Clausilium (Taf. IV, fig. f.) angustum, parum tortum, marginibus subtus convergentibus, externo reflexo, satis incrassato, apice fere rotundato.

var. ptycholaema m. (Taf. IV, fig. 6.) Testa majore, distinctius striata, anfractu ultimo validius costulatostriato; apertura magis clongata, peristomate minus calloso-reflexo.

Alt. decoll. $20\frac{1}{2}$—$27\frac{1}{2}$ Mm., lat. $5\frac{1}{2}$—$6\frac{3}{4}$ Mm.

Alt. apert. $6\frac{1}{2}$—$7\frac{1}{2}$ Mm., lat. apert. $4\frac{1}{2}$—5 Mm.

Die Stammart zeigt einen kurzen Nabelritz, solide, bleich hornbraune, kaum glänzende, sehr fein und verloschen gestreifte Schale von verlängert - spindelförmiger Totalgestalt und meist stark decollirter Spitze. Von den 12—$13\frac{1}{2}$ langsam anwachsenden Umgängen sind die $6\frac{1}{2}$—$8\frac{1}{2}$ übrigbleibenden fast flach zu nennen, die letzte niedrig, auf dem Rücken mässig abgeflacht und vor dem Mundrand wenig aufgeblasen, fein runzelstreifig. Die kleine, schief gestellte, unten etwas zurückweichende Mündung ist verrundet-rhombisch; das sehr verdickte, oft mit eckig umgeschlagenem Callus versehene, wenig gelöste Peristom ist mit sehr breiter weisser Lippe belegt. Von den randständigen Lamellen steht die obere immer mehr oder weniger schief, hört innen plötzlich auf und berührt entweder die Spiralis oder ist von ihr durch einen deutlichen Zwischenraum getrennt; die untere ist schwach entwickelt, unten schwach abgestutzt, dann fast gradlinig in schiefer Richtung nach aufwärts steigend, aber schon nahe der Basis mehr oder weniger deutlich gabeltheilig und im Allgemeinen von der Oberlamelle weit abgerückt. Die Subcolumellarlamelle tritt als dünne Falte, von zwei tiefen Furchen begränzt, unmittelbar unter der Unterlamelle bis an den Rand des Mundsaums heraus. Die ganze Gegend ober- und unterhalb der Unter- und Subcolumellarlamelle ist mehr oder weniger schwach gefältelt. Die sehr lange, vorn sichtbare, über die gerade, fast bauchständige Mondfalte wenig verlängerte Principale ist von dieser nur durch einen kleinen Zwischenraum geschieden; dagegen ist eine kurze, äusserlich nur wenig durchscheinende untere Gaumenfalte mit der Mondfalte vollkommen verschmolzen.

Das Schliessknöchelchen ist, wie bei allen Phaedusen aus der Verwandtschaft der Cl. pluviatilis Bens. (Hemiphaedusa m.), verhältnissmässig schmal, wenig gedreht, nicht stark rinnenförmig, flach; seine Ränder nähern sich allmählich nach unten, der äussere ist umgeschlagen und ziemlich stark verdickt, die äusserste Spitze zwar stark verschmälert, aber fast abgerundet zu nennen.

Die Varietät zeigt bei durchweg etwas bedeutenderer Grösse stärkere Streifung und besonders auf dem Nacken stärkere Runzelfalten; die Mündung ist mehr in die Länge gezogen und erscheint dadurch grösser, das Peristom dagegen aussen weniger eckig verstärkt. Fundort. Japan; von Hrn. Prof. Dr. J. J. Rein gesammelt. Die Stammart erhielt ich in 4 Exemplaren durch den Tauschverein d. deutsch. Malakozool. Gesellsch., die Varietät in etwa 20 Stücken durch Hrn. Dr. W. Kobelt. Der grössere Theil dieser letzteren stammt von Seluchi zwischen Hiuga und Bugo, der kleinere Theil von der Insel Kiushu.

Bemerkungen. Die Art wurde zuerst von Edgar Smith im Quart. Journ. of Conchol., Februar 1876, S. 120 von Kobe beschrieben. Durch fast constante Decollation (ich kenne nur 3 nicht decollirte, überdiess auffallend kleine Exemplare), die fast bauchständige Mondfalte und die Fältelung des Mundsaums leicht von den bis jetzt beschriebenen japanischen Phaedusen zu unterscheiden. — Variirt übrigens ebenfalls auffällig in der Grösse.

Clausilia perlucens n. sp.
(Taf. IV, fig. 7.)

Char. Testa breviter rimata, gracilis, turrito-fusiformis, tenuis, semper decollata, subtiliter obsolete striata, fere laevis, nitidissima, diaphana, pallide olivaceocornea. Anfractus superstites $6\frac{1}{2}$, regulariter cres-

centes, subalti, convexi, suturis linearibus profundis
disjuncti, ultimus vix attenuatus, cervice subinflata et
rotundata, prope aperturam superne distinctius regulariter striatus. Apertura recta, rotundato-quadrangula
sinulo parvo non recedenti; peristoma continuum,
superne vix protractum modiceque sinuatum, undique
breviter reflexum, tenue, obtusum, albescens. Lamellae
parvae tenues, marginem attingentes; supera cum spirali
conjuncta, antice leviter sigmoidea, intus triangularis,
infera compressa cultrata, verticalis, subtus prope marginem columellarem truncata, subcolumellaris valde
emersa, torta ascendens. Interlamellare intus plica lamellae inferae subparallela instructa. Plica suturalis unica
aegre perspicua, interdum deficiens; plica principalis
parva conspicua, ultra lunellam vix elongata; lunella
lateralis, ab ea et a lamella subcolumellari distans,
valida, linearis, perspicua; plicae palatales nullae.

Alt. 14 Mm., lat. $3^{3}/_{4}$ Mm. Alt. apert. $3^{1}/_{2}$ Mm.,
lat. apert. $2^{1}/_{2}$ Mm.

Die kurz, fast punktförmig geritzte, schlanke, dünn-
wandige, fast thurmförmige Schale ist stets decollirt, bleich
hornfarbig mit einem Stich ins Olivengrüne, fein und verloschen gestreift, fast glatt, sehr glänzend und stark durchscheinend. Die $6^{1}/_{2}$ übrigen, regelmässig anwachsenden, verhältnissmässig hohen und gewölbten Umgänge werden durch
tiefe Nähte von einander geschieden; der letzte ist kaum
verschmälert, mit etwas aufgeblasenem und regelmässig gerundetem Nacken, vor der Mündung oben entschiedener
regelmässig gestreift. Die verrundet-viereckige Mündung
steht senkrecht und zeigt einen kleinen nicht zurücktretenden
Sinulus; der Mundsaum ist zusammenhängend, oben kaum
vorgezogen und mässig gebuchtet, überall kurz umgeschlagen,
dünn, stumpflich, weisslich. Die Lamellen sind klein, aber
scharf und erreichen sämmtlich den äusseren Mundsaum;

die nach vorn zu leicht *S*-förmig gekrümmte, innen sich
dreieckig erhebende Oberlamelle ist mit der Spiralis vereinigt, die Unterlamelle schneidig, messerförmig, senkrecht
gestellt, unten nahe dem Spindelrand abgestutzt, die Subcolumellare als scharfe, jederseits von einer Furche einge-
fasste Falte bis an den äusseren Mundsaum heraustretend.
Das Interlamellare zeigt innen eine lange der Unterlamelle
nahezu parallele scharfe Falte. Unter der mehr oder weniger
deutlichen oder auch ganz fehlenden Suturale liegt die kleine,
hohe, vorn sichtbare Principale, die über die seitliche, kräftige, geradlinige, lebhaft durchscheinende Mondfalte nur sehr
wenig verlängert ist und von ihr durch einen deutlichen
Zwischenraum getrennt erscheint. Auch zwischen Mondfalte und Subcolumellare liegt ein ziemlich weiter leerer
Raum. — Das Hinterende der Unterlamelle reicht deutlich
tiefer in das Gehäuse hinein als das Hinterende der Spirallamelle.

Das Clausilium ist, wie bei allen Phaedusen aus der
Gruppe der Cl. pluviatilis Bens., zungenförmig, nicht besonders breit.

Fundort. Kaukasus. Von Hrn. Dr. W. Kobelt mit der
Etiquette „Claus. caucasica Muhlenph. Kaukasus“ erhalten;
3 Exemplare.

Bemerkungen. Wie bereits bemerkt, gehört diese
interessante Phaedusenform zur Gruppe der Cl. pluviatilis
Benson, ist aber in dieser besonders durch geringe Grösse,
glatte Schale und Decollation sehr ausgezeichnet und nur
mit der derbschaligeren, deutlich gestreiften, nicht decol-
lirenden Cl. hyperolia v. Mart. zu vergleichen, der aber
ausser anderm die bei perlucens auffallend hohe Principalfalte gänzlich abgeht.

Catalog der Gattung Oliva Bruguière.

Von

H. C. Weinkauff.

In der Einleitung zur Monographie dieser Gattung im
Band V. 1. der 2ten Ausgabe des Martini et Chemnitz'schen
Conchylien-Kabinets, hatte ich meinen Standpunkt der H.
et A. Adam'schen Eintheilung gegenüber dahin festgestellt,
dass ich es für genügend erachte, nur 2 Genera: *Oliva*
(mit den Abth. Ispidula und Porphyria und dem Subg.
Agaronia und Olivancillaria) und *Olivella* (mit Subg. Dac-
tylina, Callianax und Lamprodoma) anzuerkennen. Obschon
ich heute den Hauptgrund, der mich zum Festhalten von
Olivella als Genus veranlasste — das Vorhandensein eines
Deckels bei allen Arten — als einen irrthümlichen bezeichnen muss, so will ich doch im grossen und ganzen nichts
ändern und eine bessere, natürlichere Eintheilung der Zu-
kunft überlassen, die erst die Deckelfrage erledigen muss.
Bis jetzt sind es wenige Arten von denen wir sicher wissen,
ob sie Deckel tragen oder nicht. Eine Aenderung kann ich
jedoch schon heute vornehmen, dies ist die Ausscheidung
von Callianax und Lamprodoma aus Olivella und Einfügung
derselben bei Oliva, d. h. nachdem diese Subgenera von
den Arten befreit sind, die die Gebrüder Adams da zusammen-
gewürfelt hatten.

Was nun Oliva selbst betrifft, so hat mich das Studium
der zahlreichen Arten und ihrer noch zahlreichern Abände-
rungen zur Ueberzeugung gebracht, dass es ganz unmöglich
ist, die Abtheilungen und Subgenera Strephona, Porphyria,
Ispidula und Cylindrus beizubehalten, es läuft alles durch-
einander und Arten die in einzelnen Exemplaren kaum Verwandschaft zeigen, daher in verschiedene Abtheilungen gestellt werden können und gestellt worden sind, nähern sich
bei Betrachtung ihrer zahlreichen Wandelformen so sehr,

dass man versucht werden kann, sie zusammen zu ziehen.
Eine ganze Menge von Arten lassen sich nur als künstliche,
geographische Arten halten, wie kann man da von Gruppen
oder Subgenera sprechen. Wer übrigens die Liste der Gebr.
Adams aufmerksam durchliest, wird schon finden, wie un-
sicher sie waren und wie vielfach es vorkommt, dass Arten
in verschiedenen Subgenera stehen, die so nahe verwandt
sind, dass man sie nur als künstliche bestehen lassen kann,
so stehen z. B. aus der Gruppe O. reticularis, die Ducros
zu einer Art zusammen gezogen hatte, 6 in Strephona
und 2 bei Ispidula, unter den ersten 3 gänzlich unhaltbare
Varietäten einer Art aus der letzten Gruppe; aus jener der
O. Duclosi stehen 3 bei Strephona und 5 bei Ispidula, in
dieser steht u. A. auch eine Olivancillaria, dafür steht O.
litterata bei Olivancillaria! Von der engen Verknüpfung
der Gruppen Strephona mit Porphyria durch O. bifasciata
Küster (= O. hepatica Auct. non Lam.) und Porphyria mit
Ispidula im Adams'schen · Sinn durch Varietäten der O.
araneosa Lam. wie O. ustulata Marr. u. A., die alle mit
O. tremulina der Art verknüpft sind, dass man kaum weiss,
ob sie zu dieser oder jener Species zu stellen sind, und dies nur
durch die Kenntniss des Fundorts möglich wird; davon
hatten die Herren Adams keine Ahnung. Es gehört allerdings zur Erkenntniss dieser Verhältnisse ein grosses Material, das nicht jedem zur Verfügung steht; sie lassen sich
am allerwenigsten erkennen, wenn man Eintheilungen auf
Grund von bildlichen Darstellungen macht, mögen diese
noch so correct sein.

Man wird es nach dem Gesagten begreiflich finden, dass
ich mich bei Aufzählung der Arten der Gattung weiter
nicht um die Adams'sche Gruppirungen, soweit es sich, um
Strephona, Porphyria, Ispidula und Cylindrus handelt, be-
kümmern werde, sie werden alle als Oliva s. st. aufgeführt,
und eine continuirliche Reihe bilden, wie sie die natürliche

Verwandschaft ergiebt. Nur 5 Arten, die theils keine, theils eine Verwandschaft nach mehreren Richtungen haben und darum eine Gruppirnug einigermassen erschweren, sollen vorangestellt mit einer der aller charakteristischesten und grössten Art an der Spitze. Wem es dann Vergnügen macht, der kann sich die Adams'schen Gruppen leicht aus dieser Reihe bilden, natürlich unter Vermeidung der oben aufgeführten Verirrungen, die die Adams'schen Listen geradezu unbrauchbar machen. Auf diese solchergestalt vereinigten Oliven folgen dann die Subgenera Olivancillaria, Agaronia, Callianax und Lamprodoma und auf diese das von mir accep- tirte Genus Olivella, dessen Eintheilung ich später folgen lassen werde. Die Bezeichnungen und Abkürzungen in de Liste werden dieselben sein, wie bei Conus und Pleurotoma. Um unnötbige Wiederholungen zu vermeiden, werde ich bei Duclos nur die Tafeln und Figuren der einen Ausgabe (die Chenu'sche) citiren, Ducl. 1,6.7 wird also soviel heissen wie Duclos in Chenu's Illustration conchologique Tafel 1, fig. 6.7, Marr. für Marrat im Sowerby's Thesaurus Conchy- liologicus.

1. *Oliva porphyria* L. Chemn. Küst. 2, 3 : 6, 1. 2. Ducl. 26, 1—6. Rv. 1, 2. Marr. 1, 1. 2.

   Westamerika, von Panama bis Californien.

2. *peruviana* Lam. Ducl. 16, 9—16. Rv. 9, 14. Marr. 5, 61—65. Wk. 25, 1—6.

  var. = coniformis Phil. Abb. XIX. 1,5—7.

   Bolivia und Peru.

3. *episcopalis* Lam. Ducl. 11, 11. 12. Rv. 13, 24. Marr. 48—50 (caerulca) Wk. 24, 2. 3. 6. 7.

  var. lugubris Lam. Ducl. 11, 5. 6.

  — emeliodina. Ducl. 21, 19. 20.

  — quersolina Ducl. 11, 7. 8. Marr. 443.

  — atalina Ducl. 11, 9. 10. Marr. 442.

Indo-pacifische Provinz an vielen Punkten.

†4. *fulva* Marr. 471. Wk. 33, 7.

? wohl nur Varietät der vorigen.

5. *guttata* Lam. Chemn.-Küst. 6, 12. 13.· Ducl. 16, 1—6.
17. 18. Rv. 14, 30. (O. cruenta) Marr. 57—60.
(O. emicator) Wk. 9, 1—3.

var. = O. mantichora Ducl. 16, 7—8.

Indo-pacifische und australo-pacifische Provinz.

6. *rufula* Ducl. 21, 9. 10. Rv. 50. Marr. 197. 198. Wk. 23, 89.

Philippinen, Molukken.

7. *inflata* Lam. Chemn.-Küst. 2, 10. 11; 4, 13. 14; 5,
7. 8. 13. 14. Ducl. 24. Rv. 15. Marr. 184—192.
176 (bulbosa).

var. = O. bicincta Lam.

„ = O. fabagina Lam.

„ = O. undata Lam.

juv. = O. picta Rv. 79. Marr. 227. 228.

Rothes Meer. Ostafrika, Ceylon.

†8. *scitula* Marr. 76. 77. Wk. 32, 5. 6.

?

Wohl St. juv. einer Var. der Vorigen.

9. *tigrina* Lam. Küst. 1, 1. Ducl. 23, 17—19. Rv.
Wk. 9, 5. 6. 9. Marr. 178, 191 (O. holosericea).

var. = O. Othonia Ducl. 5, 22. 23. Rv. 21.

„ = O. glandiformis Marr. 173. 174 non Lam.

Ostafrika, Ceylon, Java, Philippinen.

10. *similis* Marr. 205—207. Wk. 27, 7. 8. 11.

Ostasien.

11. *bulbiformis* Ducl. 27, 21—24; 29, 10—13. Rv. 26. Marr.
201—204. Wk. 26, 47.

var. = O. hemiltona Ducl. 21, 3. 4. Marr. 96.

Molukken, Ins. Salomon.

12. *calosoma* Ducl. 28, 1. 2. Marr. 214. 215. Wk. 25, 7. 9.

China.

13. *avellana* Lam. Marr. 149. 150. Wk. 23, 1. 2. 5. 7.
Neu-Guinea.
NB. Der Lamarck'sche Type müsste neben maura stehen, der
häufigere Marrats steht hier recht.

14. *Lecoqueana* Ducr. 2, 20. Marr. 175 (glandiformis pars)
Wk. 27, 9. 10.
China.

15. *elegans* Lam. Ducl. 23, 1—6: 34, 1. 2. Rv. 20. Marr.
158—160. Wk. 26, 1—3; 5. 6.
var. = O. flava Marr. 156. 157.
„ = O. infronata — 161.
Indo-pac. und australo-pac. Prov., allerwärts.

†16. *laevis* Marr. 330. 331. Wk. 22, 1. 4.
Seychellen.
Wohl nur ein stat. juv. der O. elegans oder tigrina.

17. *dactyliola* Ducl. 29, 5—8. Marr. 208—211. Wk. 26, 8. 11.
var. = Valentina Ducl. 28, 23. 24.
Molukken und Neu-Guinea.

18. *funebralis* Lam. Küst. 1, 9. 10. Rv. 7, 10. (O. maura
pars) Marr. 146—148. (O. labradorensis) Wk. 9,
4. 7. 8. 10.
var. = O. leucostoma Ducl. 29, 9—20. Marr. 143—145.
— = O. propinqua Marr. 141. 142.
Ceylon, Java, Philippinen, Singapore, Molukken.

†19. *caroliniana* Ducl. 21, 5—8. Marr. 73. 74. Wk. 32, 8. 9.
Carolinen.

†20. *grata* Marr. 470. Wk. 33, 6.
?

21. *mustelina* Lam. Ducl. 22, 1. 2. Rv. 23. Marr. 272. 273.
Wk. 24, 10. 11.
Singapore, Japan. ? Californien.

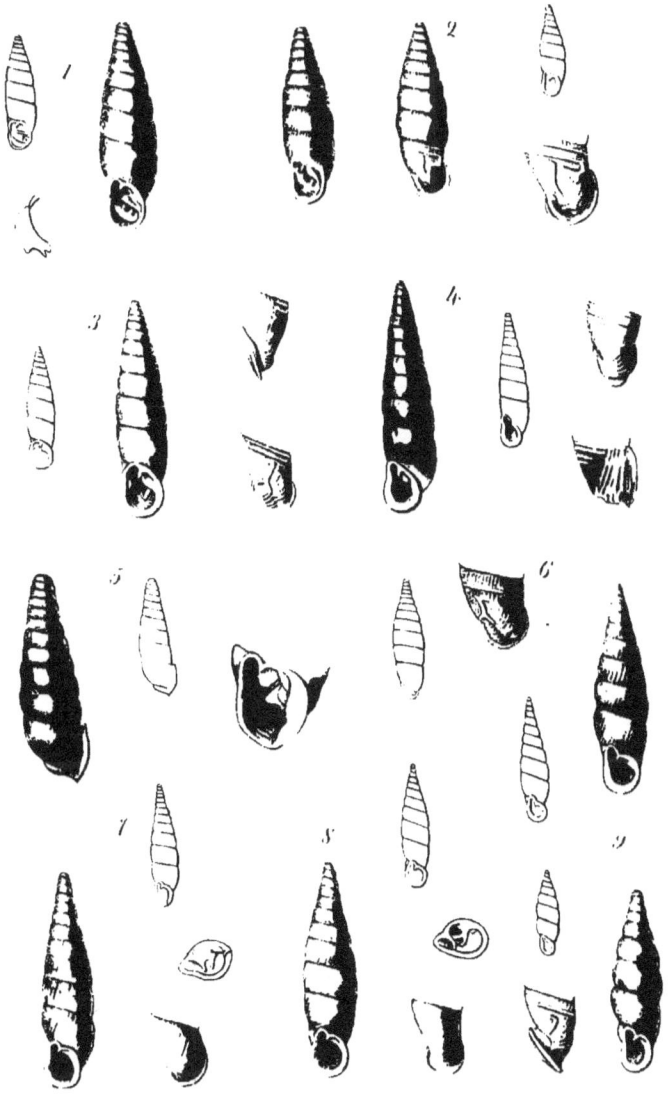

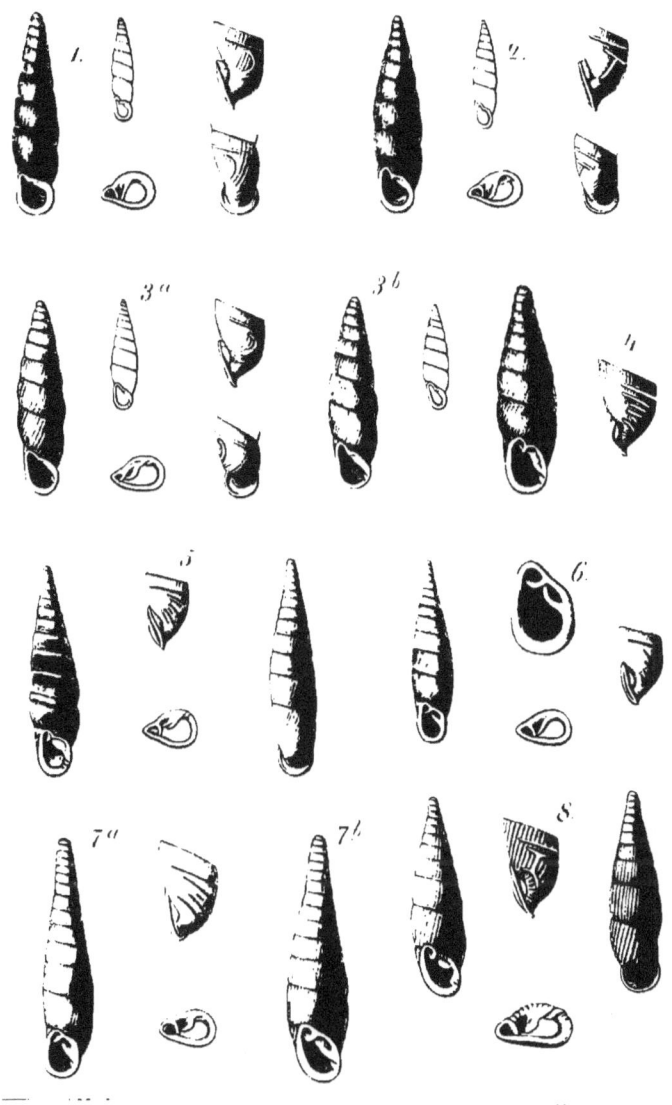

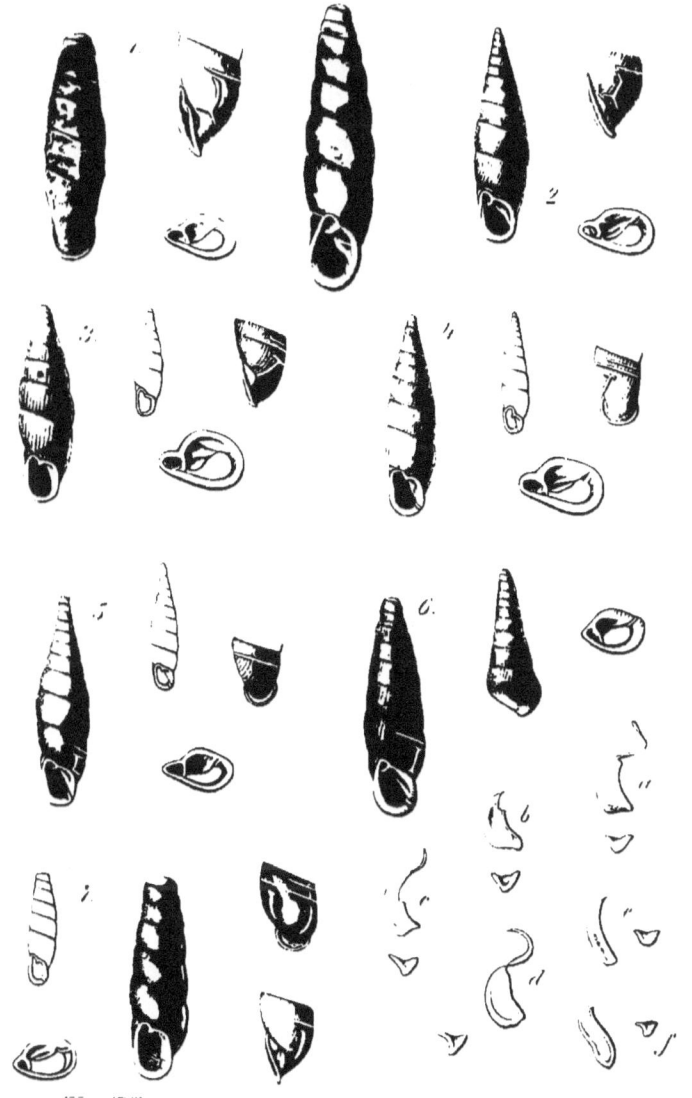

Neue recente Clausilien. II.

Von

Dr. O. Boettger in Frankfurt a. M.

(Mit Taf. 10.)

Die folgenden Beschreibungen und Abbildungen sind
als Fortsetzung der gleichbetitelten Arbeit in diesem Jahrbuch V, 1878, S. 33 u. S. 97 und zu Taf. II—IV dieses
Jahrgangs zu betrachten.

Zum besseren Verständniss der Terminologie sei hier
nochmals bemerkt, dass ich zwar wie bisher die Gaumenfalten in Suturalen und Palatalen (palatales verae) unterscheide, deren räumliche Trennung durch die Principale
bewerkstelligt wird, dass ich aber abweichend von der seitherigen Regel die Principale nicht mehr mit zu den eigent-
lichen Palatalen zähle; Ich nenne daher die unmittelbar
unter der Principalfalte liegende Gaumenfalte stets die
erste, die darunter liegende die zweite u. s. w.

Clausilia pleuroptychia n. sp.

(Taf. 10, fig. 1.)

Char. T. breviter rimata, elongato-fusiformis, gracillima,
   tenuiuscula, interdum subpellucida, vix nitidula, fusco-
   cornea, albocostata; spira elongata, turrita; apice
   tenuissimo, peracuto, fusco, nitido. Anfr. $13\frac{1}{2}$ convexiusculi, sutura distincta disjuncti, summi 4 laeves,
   caeteri subconfertim costati, costis rectis, strictis,
   tenuissimis, acutis, fere lamelliformibus, ultimus distan-

tius lamellato-costatus, latere subimpressus, basi subsulcatus arcuatimque carinatus, carina periomphalum excavatum cingente. Apert. parvula, piriformis, basi canaliculata, fauce fuscula, sinulo elevato, rotundatoquadrato; perist. continuum, satis valide solutum, expansum, reflexiusculum, sub sinulo incrassatum, albido-labiatum. Lamellae valde approximatae, parvulae; supera marginalis, subverticalis, longa, spiralem subsemicircularem, obsoletissimam, disjunctam valde transcurrens; infera profundiuscula, sublimis, transversa, media parte concava, antice in pliculam marginalem desinens, a basi intuenti valde spiraliter torta; parallela subcolumellarisque et oblique intuenti inconspicuae. Palatales 4 profundissimae, laterales, subparallelae, quarum prima principalis longior, caeterae minores quartaque (scilicet tertia palatalis vera) subarcuata perspiciendae sunt. Lunella nulla. Clausilium et oblique intuenti nullo modo conspicuum.

Alt. 14—15 mm., lat. 3—3$^1/_4$ mm. Alt. apert. 2$^3/_4$—3 mm., lat. apert. 2—2$^1/_4$ mm. (coll. H. Dohrn).

Fundort. Syrien (Steutz). Von Herrn Dr. H. Dohrn in Stettin zur Untersuchung mitgetheilt.

Bemerkungen. Die wunderbare kleine Art, die mir nur in zwei tadellosen Exemplaren vorliegt, sieht auf den ersten Blick einer weitcostulirten Cl. vetusta (Z.) Rossm. sehr ähnlich, lässt sich aber schon durch den spitzen Wirbel leicht als etwas besonderes erkennen. Die 4 tief gelegenen Gaumenfalten, von denen die oberste als Principalfalte zubetrachten ist, lassen unschwer ihre Zugehörigkeit zu meiner Sect. Euxina (vergl. Clausilienstudien. 1877, Cassel bei Th. Fischer, S. 83) erkennen, in welcher sie in die Gruppe der Duboisi Chrp. (= subtilis Parr.) hinter dieser und als Uebergangsform zur Gruppe der Schwerzenbachi (Parr.) P.

einzureihen sein dürfte. In der Lage der Gaumenfalten und
in der Form der Unterlamelle nähert sich unsere Art der
Duboisi sehr, unterscheidet sich aber leicht schon durch
die ganz abweichende Sculptur; im Gesammthabitus der
Schale steht sie dagegen der Schwerzenbachi näher. Cl.
pleuroptychia zeigt, wenngleich schwächer ausgesprochene
Beziehungen auch zur Gruppe der acuminata Mouss. und
namentlich zu der unten zu beschreibenden Cl. Strauchi
n. sp. aus Transkaukasien.

Weitere Entdeckungen im Innern von Kleinasien dürften die deutlichen Lücken, welche zwischen den eben erwähnten Arten im Augenblick noch bestehen, bald aus-
füllen und ihre nahen Beziehungen zu einander noch augen-
scheinlicher machen.

Clausilia agnata (Partsch) Rssm. var. cognata m.
= cognata n. sp. Boettger, Clausilienstudien 1877, S. 40.
(Taf. 10, fig. 2.)

Char. Differt a Cl. agnata typica t. gracillima, cylindracea, haud ventricosa, albida vel corneo-albida; anfr.
10 *multo altioribus*, ultimo magis cylindraceo, dorso
applanato, juxta rimam distinctius cristato; *apertura
minore*, lamellis *intus magis conniventibus*, spiralis
superae *valde approximata*, lunella sigmoidea, palatalis
infera *maxima* arcuatim cum callo palatali obsoleto
connexa.

Alt. 15½—16½ mm., lat. 3¼—3½ mm. (gegen selten
weniger als 4 mm. beim Typus). Alt. apert. 3½—3¾ mm.,
lat. apert. 2¾ mm. (coll. O. Boettger).

Die Schale ist zwar bis ins Detail der von Cl. agnata
in hohem Grad analog, zeigt aber einen so auffallend abweichenden Habitus, dass ich anfangs geneigt war, die Form
als eine von agnata verschiedene Species zu betrachten.

19*

Genau in der Mitte zwischen beiden stehende Uebergangs-
glieder von Obrovazzo in Dalmatien, deren Einsicht ich
Hr. Prof. A. Stossich verdanke, lassen aber meine jetzige
Auffassung mehr gerechtfertigt erscheinen.

Die Gehäuseform ist auffallend schlank, cylindrisch, der
Breitendurchmesser bei gleicher Höhe mit typischen Stücken
um die Hälfte geringer, nicht im geringsten bauchig;
die Färbung meist lebhafter weiss. Die 10 Umgänge erscheinen weit höher, der letzte mehr cylindrisch, mit
flacherem Rücken und stärkerer Crista um den schmäleren,
aber tieferen Nabelritz. Die Mundöffnung ist relativ kleiner,
wenig schmäler als das Gehäuse, mit innen mehr genäherten
Lamellen und besonders mit der Oberlamelle auffallend
nahe gerückter Spiralis; die Mondfalte ist deutlicher S-
förmig, die unterste Gaumenfalte viel länger und kräftiger
entwickelt, vorn aufwärts gebogen und in den mit der
oberen Gaumenfalte (der sogen. zweiten Gaumenfalte früherer
Autoren) zusammenhängenden schwachen Gaumenwulst
verlaufend.

Fundort. Carlopago in Dalmatien, mit Cl. binodata
(Z.) Rssm. zusammenlebend. Von Hrn. Prof. A. Stossich in
Triest in wenigen Stücken entdeckt und mir mitgetheilt.

Bemerkungen. Die typische agnata (Partsch) Rssm.
findet sich, beiläufig bemerkt, nach neueren Zusammen-
stellungen in Istrien (coll. Rossmässler), dann sehr verbreitet im croatischen Küstenland und namentlich im Vele-
bithgebirge (Kraticina vrata u. a. O. in coll. Kobelt, Küster
u. Stossich), aber auch in Dalmatien (Obrovazzo in coll.
Stossich). Der Fundort Albania bei Anton, Verzeichn.
S. 45, No. 1606 ist zweifelhaft, die Bezeichnung Carniolia
bei Pfeiffer, Mon. Hel., Bnd. VIII, S. 494 wahrscheinlich
ungenau, da vom zweiten bis zum sechsten Band Croatien
als Fundort richtig angegeben worden war.

Clausilia leucorhaphe Blanc n. sp.

H. Blanc in lit. 1878.

(Taf. 10, fig. 3).

C h a r. T. vix rimata, clavato-fusiformis, tenuiuscula, pellucida, nitida, saturate fusco-cornea ; spira turrita; apice
obtuso, pallidiore. Anfr. 9¹/₂—10, summi convexiusculi, sutura concolore, caeteri planulati, sutura levi,
laete albofilosa disjuncti, sublaevigati aut obsolete
densissime striati, ultimus distinctius striatus, vix
attenuatus, ad basin levissime subsulcatus caeterumque
rotundatus. Apert. subcircularis, superne acutangula,
fauce fuscula, sinulo angulari; perist. continuum,
adnatum, valde expansum, reflexiusculum, fusculo-sublabiatum. Lamellae valde impares; supera minima,
fere punctiformis, recedens ; spiralis ut videtur deficiens;
infera maxima, transversa, in mediam aperturam producta, semicircularis, valde compressa, bipartita e basi
surgens, ab interlamellari quasi linea elevata, stricta,
oblique ascendenti disjuncta, oblique intuenti satis
spiraliter recedens; parallela antice distincta, tenuis;
subcolumellaris intus truncata, ramo stricto, plus minus
emerso descendens. Suturales 2 obsoletae, parvae, inter
se et cum lunella callo junctae; principalis parvula,
tenuis, lunella praestans ; lunella dorsalis, valida, subobliqua, arcuata, basi truncata processumque retro
mittente, qui media parte cum subcolumellari descendente albo-perspicua junctus est. Clausilium apice
subrotundatum optime conspicuum.

Alt. 19—20 mm., lat. 4¹/₄ mm. Alt. apert. 5 mm., lat.
)ert. 4¹/₄ mm. (coll. O. Boettger).

F u n d o r t. Die Insel Skiatho, nördlich von Euböa. Von
errn Chev. Hippolyte Blanc in Portici entdeckt und mir
eundschaftlichst mitgetheilt.

Bemerkungen. Die prachtvolle Art, eine der schönsten bis jetzt bekannten Clausilien, verbindet innerhalb der Gruppe Papillifera ex rec. mea den kleinen Kreis der Cl. thermopylarum P. und namentlich meine Cl. perplana aus Macedonien (vergl. Boettger, Clausilienstudien, S. 51, Taf. IV, fig. 48), die in der Form und Lage der Lunelle und Principalfalte recht ähnlich ist, mit dem Kreis der Cl. negropontina P., deren halbkreisförmige Unterlamelle sie besitzt, und mit dem Kreis der saxicola (Parr.) P. und suturalis K., deren Habitus und weisse Naht sie theilt. Von allen bekannten Papilliferen dürfte ihr aber die kleine negropontina P. von Euböa, bei der die Oberlamelle ebenfalls gelegentlich fast schwindet, trotz der fehlenden weissen Naht und der geringen Grösse doch noch am nächsten stehen. Von den verwandten Arten ist leucorhaphe somit durch die Grösse, die breite, lebhaft weiss gefärbte Naht, die punktförmige Oberlamelle und die nach vorn fein angedeutete, wenigstens 1 mm. lange Principalfalte immer leicht zu unterscheiden.

Es standen mir 3 unter sich fast genau übereinstimmende Stücke dieser Art zur Verfügung.

Clausilia raricosta Boettg.

Clausilienstudien 1877, S. 52.

(Taf. 10, fig. 4).

Char. T. aff. Cl. Marcki (Zel.) P., sed multo major, fusiformis, minus ventricosa, cerasino-brunnea, satis pellucida; spira magis elongata; apice *acutiore*. Anfr. 10 —10$\frac{1}{2}$ sensim crescentes, sutura crenulata, obsolete albofilosa disjuncti, costulati, costulis distantibus, acutis, superne albidis, basi saepe obsolescentibus, ultimus satis altus, quartam circiter partem omnis testae aequans, costis peracutis, filiformibus, albidis, prope aperturam haud callosis ornatus. Apert. magna, *recta*, ovato-piriformis ; peristoma continuum, solutum, *infundibuliformi-expansum, acutum*, reflexiusculum, labio lato albo munitum. Lamella supera *marginalis*, major ; subcolumellaris oblique intuenti aegre conspicua, sed fere *subemersa*. Suturales 2 longae, aequales, perspicuae, longiores atque in Cl. Marcki; principalis mediocris. Alt. 17—19 mm., lat. $3^3/_4$—$4^1/_4$ mm. Alt. apert. $4^1/_4$ bis 5 mm., lat. apert. $3^1/_4$—$3^1/_2$ mm. (coll. O. Boettger).

var. emarginata m. (Taf. 10, fig. 4 part.) Perist. superne valde solutum, margine columellari sinuato aut emarginato, valde protracto. Alt. $17^1/_2$—18 mm., lat. $3^1/_2$—$3^3/_4$ mm. Alt apert. 4—$4^1/_2$ mm., lat. apert. $2^3/_4$—3 mm. (coll. A. Stossich).

Die der Cl. Marcki ähnliche, aber weit grössere Stammart — die grösste der ganzen Sect. Dilataria v. Mölldff. — ist langspindelförmig, weniger aber immer noch merklich. bauchig, braun mit einem Stich ins Kirschrothe, etwas durchscheinend, mit langer Spindel und spitzlich aufgesetztem Wirbel. Die 10—$10^1/_2$ Umgänge sind relativ höher als kei Marcki, durch eine deutlich gekerbte, schwach weissgesäumte Naht geschieden und mit weitläufigen, feinen, scharfen, besonders unter der Naht deutlicher weisslichen Rippchen, die auf dem vorletzten Umgang nach unten zu manchmal etwas undeutlich werden, geziert ; die letzte Windung ist ziemlich hoch, $^2/_7$ bis $^1/_4$ der ganzen Schalenhöhe erreichend, mit sehr scharfen, feinen, oft ganz gelblichweissen, vor der weissumsäumten Mündung nicht auffällig breiter oder wulstig werdenden Rippen bedeckt. Die Mundöffnung ist verhältnissmässig gross, senkrecht gestellt, ei-birnförmig, mit umgekehrt tropfenförmigem Sinulus, das Peristom oben sanft gebogen, schwach ausgerandet, stark und fast trichterförmig ausgebreitet, aussen scharf, doch etwas zurückgeschlagen, innen mit breiter, weisser Lippe ausgelegt. Die Oberlamelle ist ziemlich gross, randständig, senkrecht; die Subcolumellarlamelle bei schiefem Einblick deutlich sichtbar, aber nur schwach vortretend. Zwei gleich lange, durchscheinende Suturalen und darunter die verhältnissmässig gut entwickelte, $1\frac{1}{2}$ mm. lange Principale.

Die Varietät zeigt ein oben stark gelöstes Peristom, dessen Spindelrand wellig nach einwärts gebogen und auffallend stark vorwärts gezogen erscheint.

Fundort. Velebitgebirge in Croatien, zahlreich; die Varietät in zwei übereinstimmenden Stücken vom Sveti Berdo (Mte. Santo) im Velebit. Von Hrn. Prof. Ad. Stossich in Triest entdeckt und mir gütigst zugetheilt.

Bemerkungen. Von der in der Grösse ihr wenig nachstehenden Cl. pirostoma Bttg. durch die schärfere Sculptur, die weit schneller anwachsenden Umgänge, die mehr bauchige Totalgestalt, die kürzere Principalfale und den scharfen, nicht wulstig-gerundeten Mundsaum leicht zu unterscheiden, von Cl. Marcki (Zel.) P. schwieriger, aber durch die bedeutendere Grösse, die schlankere Totalgestalt, die abweichende Sculptur und die stets randständige Oberlamelle, sowie durch die längere, fast birnförmige Mündung sicher zu trennen. Auch hat Cl. pirostoma gewöhnlich einen ganzen Umgang mehr, Marcki Zel. aber stets eine Windung weniger als die in Rede stehende Art.

Die schwierig zu unterscheidenden Arten der Sect. Dilataria v. Mölldf. waren bis jetzt ausschliesslich von den höchsten Erhebungen Croatiens und Dalmatiens bekannt, wo sie an räumlich sehr beschränkte Oertlichkeiten, oft nur auf einen einzigen Berggipfel gebunden zu sein scheinen, und nur eine Art, der Typus der Gruppe, Cl. succincata (Z.) Rossm. ist über einen grösseren Flächenraum, nämlich

über die Alpen Tirols, Kärnthens, Krains und Croatiens
ausgebreitet. In allerneuester Zeit ist nun auch auf der
apenninischen Halbinsel eine Art dieser Gruppe durch Hrn.
Prof. Costa in Neapel und zwar auf dem Mte. Majella in
den Abruzzen entdeckt worden, die mir von der Frau
Marquise Paulucci in Florenz zur Ansicht anvertraut wurde.
Die schöne Novität zeigt gleichfalls im allgemeinen die
Gehäuseform von Cl. Marcki (Zel.) P., ist aber fast kleiner
als succineata, zudem auffallend roh gestreift und mit unregelmässig gekerbter Naht versehen.

Clausilia rudicosta n. sp.

= crassicostata minor vieler Sammlungen, non Benoit.

(Taf. 10, fig. 5).

Char. T. profunde fere punctato-rimata, fusiformis, soli-
dula, opaca, isabellino-albida (in statu subfossili); spira
regulariter attenuata: apice obtusiusculo. Anfr. 10—
10½ convexiusculi, sutura subprofunda, costis distincte
crenata disjuncti, summi 2½ laeves, caeteri lamellato-
costati, costis obliquis, subundulatis, satis acutis (circa
21 in anfr. penultimo) ornati, ultimus tumidulus,
distincte et longe sulcatus, valde gibboso-carinatus,
carina parum arcuata, periomphalum profunde im-
pressum cingente. Apert. oblongo-rotundata, basi
canaliculata, intus flavida, sinulo lato, quadrato; perist.
continuum, solutissimum, undique expansum, reflexiusculum, tenue, sub sinulo subincrassatum, vix albido-
sublabiatum. Lamellae mediocres, conniventes; supera
marginalis, longa, compressa, a spirali profundissima
disjuncta; infera profundiuscula, sigmoidea, e basi
concava subverticaliter recedens, subcompressa; parallela
tenuissima; subcolumellaris subtruncata, fere emersa,
oblique intuente semper conspicua. Lunella dorsalis
substricta, superne parum recurva, suturam attingens,

testa humefacta modo aegre perspicua. Principalis,
palatales callusque palatalis deficientes. Clausilium
oblique intnenti aegre conspicuum.

Alt. 14 - 16 mm., lat. $3\frac{1}{4}$ — $3\frac{1}{2}$ mm. Alt. apert. $3\frac{1}{4}$
— $3\frac{1}{2}$ mm., lat. apert. $2\frac{1}{2}$ — $2\frac{3}{4}$ mm. (coll. S. Clessin und
W. Kobelt).

Fundort. Muglia bei Catania auf der Insel Sicilien.
Die Form scheint bis jetzt lebend noch nicht beobachtet
worden zu sein; sämmtliche zahlreiche mir vorliegende
Exemplare sind todt gefunden.

Bemerkungen. Sowohl in Clessin's als in Kobelt's
Sammlung, denen ich die Kenntniss dieser bemerkenswerthen Form verdanke, war sie als Cl. crassicostata Benoit
var. minor bezeichnet, einer Species, mit der sie ausser der
groben Sculptur nichts gemein hat. Cl. rudicosta gehört
vielmehr zur Sect. Papillifera ex rec. mea und zwar in die
unmittelbare Nähe von bidens L. var. virgata Jan und
den ihr nahe verwandten sicilianischen Formen Tinei Bourgt.,
lanceolata Bourgt. und brevissima Benoit, sowie den unter-
italischen Formen Deburghiae Paulucci und transitans Paul.,
von denen es vorläufig kaum möglich ist zu sagen, ob sie
selbstständige Arten sind, oder ob man sie als Lokalrassen
der so variabeln bidens L. aufzufassen hat. Von allen diesen
Formen, die mir in Original-Exemplaren vorliegen, zeichnet
sich in Rede stehende Art durch die rohe, sehr kräftige
und verhältnissmässig auffallend weitläufige Sculptur aus. Sie
war Herrn Cav. L. Benoit in Messina, dem gründlichen Kenner
der Molluskenfauna seiner Heimatinsel, dem ich eine wohl-
ausgeführte Zeichnung derselben mittheilte, noch unbekannt.

Ich stehe übrigens nicht an, gleich hier zu bemerken,
dass ich, wenn Uebergangsformen gefunden werden sollten,
diese Form ohne Bedenken als eine besonders stark sculp-
turirte Lokalrasse oder Subspecies von bidens L., oder, wenn

virgata Jan als Species abzutrennen ist, von dieser auffassen
würde, trotz des so ganz abweichenden Habitus derselben,
da sie mit den beiden genannten wirklich alle wichtigeren
Merkmale des inneren Baues theilt. Selbstverständlich
müssten dann auch alle oben genannten Formen, wie Tinei,
lanceolata, Deburghiae, transitans und vielleicht sogar noch
brevissima unter dieselbe Bezeichnung fallen.

Clausilia Strauchi n. sp.

(Taf. 10, fig. 6.)

Char. T. anguste rimata, ventricoso-fusiformis, subpellucida, nitidiuscula, cornea, ad suturam raro-strigillata;
spira concave-producta; apice tenui, peracuto. Anfr.
12 convexiusculi, sensim accrescentes, sutura profunda,
submarginata disjuncti, distantius subtiliter costulati,
costulis rectis, substrictis, obtusiusculis, ultimus vix
validius costulatus, ante aperturam costulis paucis
interpositis, a latere distincte impressus, basi leviter
sulcatus valideque carinatus, carina tenui, compressa,
periomphalum profundum, valde excavatum cingente.
Apert. irregulariter piriformis, subobliqua, margine
dextro valde expanso, protracto, semicirculari, basi
canaliculata, sinulo mediocri, elevato, angulari, non
reflexo nec appresso; perist. continuum, solutum,
undique expansum, reflexiusculum, sub sinulo subincrassatum, albo-labiatum. Lamellae compressae, satis
approximatae; supera marginalis, humillima, flexuosa,
cum spirali recedenti, intus altiore continua aut contigua; infera satis profunda, in loco editiore exstructa,
e basi nodifera flexuosa recedens, extus evanescens,
intus superae parallela valde spiraliter torta; parallela
subcolumellarisque inconspicuae. Principalis profunda,
mediocris; super lunellam sublateralem, brevem, obsoletissimam, callosam ut in Cl. acuminata Mouss,

pliculae palatales 3, quarum prima duplo longior est ac
caeterae minimae, fere punctiformes. Clausilium oblique
intuenti distincte conspicuum.

Alt 14—15 mm., lat. 3¾ mm. Alt. apert. 3½ mm.,
lat. apert. 2½ mm. (Mus. Tiflis).

Fundort. Transkaukasien ; nur in 2 Stücken , einem
frischen, lebend gesammelten und einem abgeriebenen, todten
Exemplar zusammen mit Cl. quadriplicata A. Schm. im
Thianetauer Wald im Norden von Tiflis. Ich erhielt diese
merkwürdige Art durch die Güte der Herren Dir. Dr. Gustav
Radde und Dr. Sievers in Tiflis und erlaube mir , sie nach
dem um die Zoologie des russischen Reiches so hochverdienten Herrn Akad. Alex. Strauch in St. Petersburg, dem
ich die Kenntniss einer grossen Zahl von russischen Clausilienarten verdanke, zu benennen.

Cl. Strauchi verbindet aufs innigste den Formenkreis
der Cl. Duboisi Chpr., von der sie ausser anderm sich leicht
durch die gedrungenere Gehäuseform, hellere Farbe und
die auffallend schwächer entwickelten Gaumenfalten unterscheidet, mit dem der acuminata Mouss., die aber durch
die ganz abweichende Sculptur und die viel bauchigere
Gehäuseform zu keiner Verwechslung Veranlassung geben
kann. Doch steht sie der letzteren im Ganzen näher als
der erstgenannten, so dass ich sie in der Sect. Euxina auch
in den Kreis der acuminata stellen möchte.

Nach der kurzen Diagnose Charpentiers (Journ. de
Conch. 1852, S. 402, Taf. 11, fig. 12) könnte man fast
in Versuchung gerathen, unsere Form für die wahre Duboisi
zu halten, wenn nicht aus der Abbildung und Beschreibung
Küster's (Mon. Claus., S. 270, Taf. 30. fig. 25—27) und
aus den späteren Beschreibungen Moussons u. a. aufs un-
zweideutigste hervorginge, dass die genannten Forscher

— 303 —

darunter dieselbe Art verstehen, die auch ich unter diesem
Namen zahlreich von Borshom in Transkaukasien besass,
und die später von A. Schmidt als subtilis und von Mousson
als index var. minor beschrieben worden ist. Die ächte
index Mouss. ist, beiläufig bemerkt, eine sehr distincte Art.
Gegen eine Identificirung unserer Art mit der ächten Duboisi Chpr. sprechen aber auch die Ausdrücke der Original-
Diagnose: T. fusiformis, cinnamomeo-fusca; lunella nulla;
plicae palatales tres (deren oberste unserer Principale ent-
sprechen würde); die Länge $12^{1}/_{2} - 13^{1}/_{2}$ mm. und der
Fundort Tauria.

Clausilia digamma n. sp.

(Taf. 10, fig. 7.)

Char. T. peraffinis Cl. semilabiatae Kutschig parvae,
sed regulariter fusiformis, anfr. $9^{1}/_{2}$ convexiusculis.
Apert. late ovata, marginibus subparallelis, perist. ut
in illa, sed margine externo superne magis dentato-
incrassato. Spiralis superae disjunctae, magis approximatae in dimidium adjuncta; infera strictiuscula
oblique ascendens, a basi intuenti intus angulo recto
recurva, *parte recedenti evidenter lam. superae parallela*
nec cum illa angulum formans acutum ut in Cl.
semilabiata; subcolumellaris, suturalis, principalis
apparatusque claustralis peraff. illis Cl. semilabiatae,
sed lunella profundior, palatalis supera cum lunella
connexa longior, infera punctiformis, albida, a lunella
valde separata.

Alt. 11 mm., lat. vix $2^{2}/_{3}$ mm. Alt. apert. $2^{3}/_{4}$ mm.,
lat. apert. $2^{1}/_{4}$ mm. (coll. Luigi Benoit).

Fundort. Antivari, an der Küste von Albanien; bis
jetzt nur ein einzelnes Stück von Hrn. Cav. L. Benoit in
Messina zur Bestimmung, event. zur Beschreibung erhalten.

Bemerkungen. Diese wie Cl. semilabiata Kutsch. durch die schiefgestellte, die Mondfalte berührende, lange obere Gaumenfalte und den nicht verbundenen Mundsaum sehr ausgezeichnete Art lässt sich durch die oben angeführten Kennzeichen leicht und sicher von dieser ihrer nächsten Verwandten aus der Sect. Delima unterscheiden. Namentlich darf der etwas tiefer gelegene Schliessapparat in Verbindung mit der in Form und Stellung abweichenden Unterlamelle als gutes Unterscheidungsmerkmal dieser Art von semilabiata hervorgehoben werden. Beim Einblick von unten nämlich zeigt sich dieselbe bei letzterer, aus schwach gekrümmter Basis entspringend, fast ganz gradlinig, während sie bei digamma aus mehr verdickter Basis in rechtem Winkel scharf geknickt erscheint, so dass ihr hinterer aufsteigender Theil der Oberlamelle genau parallel verläuft, während er bei semilabiata mit dieser (beide Lamellen nach hinten fortgesetzt gedacht) einen Winkel von etwa 45° bilden würde.

Die weiteren in meiner Sammlung befindlichen und noch nicht publicirten Arten dieses, wie mir scheint, auf Albanien und das südlichste Dalmatien beschränkten Formenkreises unterscheiden sich von Cl. digamma und ebenso von semilabiata leicht durch das Fehlen der isolirten unteren Gaumenfalte.

Clausilia confusa n. sp.

= naevosa Pfeiffer, Mon. Helic., Bud. II, S. 430 ex parte, non naevosa (Fér.) Roth nec Boettger.

(Taf. 10, fig. 8.)

Char. T. arcuato-rimata, ventrioso-fusiformis, valde inflata, solida, nitidiuscula, sordide corneo-alba; spira brevi, conica aut fere concave-producta; apice mammillato-acutiusculo. Anfr. 7 $\frac{1}{2}$ — 8 parum convexi, sutura lineari disjuncti, summi 2 laeves, infraapicales con-

fertim costulato-striati, medii sublaevigati, vix striatuli, ultimus tumidulus, subattenuatus, latere parum
compressus, basi et antice distincte sed subtiliter
plicato-striatus, basi subsulcatus, vix gibboso-cristatus.
Apert. major, quadrato-rotundata, intus alba, sinulo
subquadrato; perist. continuum, solutum, undique
expansum, reflexiusculum, sub sinulo parum incrassatum, albo-labiatum. Lamellae mediocres, conniventes;
supera subrecedens, crassiuscula, flexuosa, a spirali
profunda disjuncta; infera subtransversa, compressa,
media parte altior, basi nullo modo callosa; parallela
nulla; subcolumellaris immersa, sed oblique intuenti
bene conspicua, basi truncata. Principalis nulla; lunella
dorsalis, satis perspicua, subverticalis, angulo obtuso
curvata, loco principalis deficientis subinterrupta, sed
caeterum usque ad suturam producta, superne et
inferne dilatata, basi subcolumellarem fere attingens.
Loco suturalis plicula obsoletissima inter lunellam
marginemque aperturae perspicienda.

Alt. $12^{1}/_{2} - 13^{1}/_{2}$ mm., lat. $4 - 4^{1}/_{3}$ mm. Alt. apert.
$3^{1}/_{2} - 3^{2}/_{3}$ mm., lat. apert. $3 - 3^{1}/_{4}$ mm. (coll. H. Dohrn).

Fundort. Das grössere Exemplar stammt angeblich
von der Insel Zante (Férussac), das kleinere von der Insel
Cerigo (Forbes),

Bemerkungen. Beide genannten Stücke lagen in der
Pfeiffer'schen Sammlung zusammen mit einem unzweideu-
tigen Stück der zakynthischen Cl. Liebetruti Chpr. als
Original-Exemplare seiner naevosa Fér. Da Pfeiffer nun in
seiner Diagnose dieser naevosa unsere in Rede stehende
Art und Liebetruti fortwährend verquickt — indem er
dieser zweiköpfigen Species z. B. anfr. 10 und eine plica
palatalis supera zuschreibt — ist es leider nicht mehr zu
entscheiden, welche von beiden Arten die ächte naevosa

Fér. sein soll, und ich schliesse mich daher der Ansicht
Roth's an, der eine zakynthische Spielart von senilis (Z.)
Rossm. als die wahre naevosa definirt und diagnosticirt
hat, die denn auch in den weitaus meisten Sammlungen
mit diesem Namen bezeichnet ist. Da diese somit fest
begründete Cl. naevosa (Fér.) Roth mit Cl. senilis, modesta,
corcyrensis, epirotica und castrensis zusammen nach meiner
auf ein sehr umfangreiches Material sich stützenden Auffassung nur eine einzige sehr variable und zur Bildung
von Lokalrassen sehr geneigte Species bildet, der der ältere
Name naevosa Fér. ex rec. Roth verbleiben muss, so wurde
es nothwendig, für die in Rede stehende Species eine neue
Bezeichnung zu wählen.

Die höchst merkwürdige Art hat nun aber mit der
Sect. Albinaria v. Vest auch nicht das geringste zu thun,
ist vielmehr eine ächte und unzweideutige Papillifere in
meiner Auffassung dieser Section und steht dem Formenkreis der negropontina P. und dem der thermopylarum P.
etwa gleich nahe, in welch' beiden sich aber keine weitere
Form von so auffallend bauchiger Totalgestalt und so heller
Färbung findet. Im Habitus erinnert sie stark an die dal-
matinische Cl. semirugata (Z.) Rossm. und in gewissem
Sinne, was schon Pfeiffer (a. a. O., S. 430) mit Recht
geltend macht, auch an Cl. contaminata (Z.) Rssm. var.
lactea Rssm.

Neue kaukasische Hyalinia.

Von

Dr. O. Boettger.

Conulopolita nov. sect. Hyaliniae Ag.

Char. Testa major, imperforata, subturbinata, basi planata et loco umbilici infundibuli instar excavata, subtus pallida; anfr. $6\frac{1}{2}$ — 7 tardissime accrescentes; apertura depresse lunaris.

Hierher die bis jetzt einzige Art:

Hyalinia (Conulopolita) Raddei n. sp. (Taf. II, fig. 1).

Char. Testa subconvexo-conica, supra corneo-fusca, subtus corneo-alba, tenuis, pellucida, nitidissima; apex obtusulus. Anfr. parum convexi, sutura impressa, subtiliter sed distincte marginata disjuncti, striatuli, striis ad suturam profundioribus recurvisque; ultimus nec dilatatus nec deflexus, penultimo parum latior, ca. $\frac{1}{5}$ latitudinis et $\frac{1}{2}$ altitudinis testae aequans. Apert. oblique oblongo-lunaris, $\frac{1}{2}$ latitudinis testae superans, marginibus valde distantibus; perist. simplex, acutum, margine columellari reflexiusculo, ad perforationem leviter calloso eamque breviter sed omnino tegente. — Alt. 6, lat. 10 mm.; prof. $9\frac{1}{4}$ mm. (coll. Boettg.).

Vorkommen. Ich erhielt die Art als Novität von Hrn. Staatsrath Dr. Gust. Radde, dem Direktor des kaukasischen Museums in Tiflis, der dieselbe in wenigen Exemplaren als vollkommenes Höhlenthier in einer Stalaktitenhöhle in Abchasien (Kaukasus) auffand und der mir 2 Stücke freundlichst überliess, von denen aber eines leider beim

Transport zertrümmert wurde. Ich erlaube mir, diese höchst bemerkenswerthe, in der Schalenform, nicht aber in der Färbung an manche südasiatische Naninen erinnernde Species nach meinem um die geographische und naturhistorische Erforschung der Kaukasusländer so hochverdienten Freunde zu benennen.

Bemerkungen. Durch die analog wie bei der Sect. *Conulus Fitz.* gebildete, gänzlich verdeckte Perforation und die bedeutende Grösse von allen bis jetzt bekannten Hyalinien bestimmt verschieden. Die von der der Oberseite abweichende Färbung der Unterseite nähert die Art offenbar nach der anderen Seite der Sect. *Polita Held*, so dass wir die auffallende Form als ein Zwischenglied der beiden genannten Sectionen auffassen dürfen.

Clausilienmissbildung mit zwei Mündungen.

Von

Dr. O. Boettger.

Das vorliegende Exemplar von *Clausilia dubia Drap.* (Taf. II, fig. 2) wurde mit zahlreichen normal ausgebildeten Stücken auf der Ruine Falkenstein im Taunus vom Obersecundaner Aug. Knoblauch aus Frankfurt a. M. lebend gesammelt und mir zur Ansicht mitgetheilt. Wenn auch sicher durch Gehäuseverletzung veranlasst, die augenscheinlich nahezu einen halben Umgang betragen hat, ist unsere Missbildung doch insofern beachtenswerth, als möglicherweise der Eingriff in das Gehäuse von dem Wohnthier selbst ausgegangen sein und somit ein Fall von Gehäuseverletzung vorliegen könnte, wie er bis jetzt noch nicht constatirt worden war.

Auf die nähere Beschreibung der Missbildung brauche
ich wohl kaum näher einzugehen, da unsere Abbildung
(Taf. II, fig. 2) die Lage der beiden um einen halben Umgang von einander entfernten Mündungen getreu wiedergibt.
Nur soviel sei erwähnt, dass die obere Mundöffnung sich
bereits eine neue rudimentäre Oberlamelle und durch Mit-
benutzung des hinteren Theiles der alten Spirallamelle eine
neue rudimentäre gabeltheilige Unterlamelle gebildet hat.
Beide Mündungen sind augenscheinlich längere Zeit benutzt
worden, und die Missbildung ist überhaupt als eine sehr
nette und auffällige zu bezeichnen. Die Ausfüllungsmasse
für das sich nach der Verletzung ergebende Vacuum ist
hornartig, etwas buckelig unregelmässig und besitzt keine
Spur der für *Cl. dubia* so characteristischen Längsstreifung
und mikroskopischen Spiralskulptur.

Zwei Erklärungen für das missbildete Gehäuse sind
möglich. Einmal konnte durch eine sehr bedeutende Verletzung der vorletzten Windung und infolge der durch die
Schalenbruchstücke hervorgerufenen theilweisen Verramm-
lung des letzten Umgangs das Thier gezwungen worden
sein, die künstlich bewirkte Oeffnung als Thüre zu benutzen
und demgemäss auszubauen und mit neuen Lamellen und
einem regelrechten Peristom zu versehen. Dann aber konnte
zweitens durch das Einklemmen eines festen Gegenstandes
in den Falz des Clausiliums dieses unbeweglich geworden
und das Thier, um nicht Hungers zu sterben, gezwungen
worden sein, die Kalkwand des vorletzten Umgangs mit
seiner Zunge anzufeilen, zu resorbiren und sich eine neue
Mündung, höher aufwärts als die frühere, in der so ent-
standenen Oeffnung zu bauen, welche von da an als die
gewöhnliche Mundöffnung benutzt wurde. In beiden Fällen
muss also die höher gelegene Mündung als die zeitlich
jüngere und somit auch als die abnorme betrachtet werden.
Welcher von den beiden Vorgängen nun in unserem Falle

7*

stattgefunden hat, ist nicht ganz leicht zu sagen. Das
Schliessknöchelchen steckt noch fest in dem Zwischenraum
zwischen den beiden Mündungen. Und doch neige ich mich
zur ersteren der beiden ausgesprochenen Ansichten, dass
auch in unserem Falle eine äussere Verletzung des Gehäuses
stattgefunden habe, und dass Clausilium und alte Mündung
noch funktionsfähig gewesen wären, hätte nicht die tiefe,
von aussen kommende und vom Willen des Thieres unab-
hängige Verletzung und der momentane Mangel an genügen-
der Kalksubstanz, um den tiefgreifenden Schaden auszu-
bessern, das Thier gezwungen, seine neue obere Mündung
zu bilden. Eine deutlich eingegrabene, der Naht parallele
Furchenlinie auf der vorletzten Windung, die vor dem ab-
gebrochenen und später regenerirten Theile einige mm. vor
der neuen Mündung zu sehen ist, spricht zudem mehr für
eine äussere Verletzung. Auch möchten wohl bei der et-
waigen Resorption alter Schalentheile die Ränder nicht so
scharfkantig erscheinen können, als im vorliegenden Falle.

In der mir zugänglichen Literatur finde ich nur einen
Fall einer analogen Gehäusemissbildung bei der Gattung
Clausilia, da die von S. Clessin unter „Cl. biplicata Mont.
mit abnorm gebildeter Mündung" in Mal. Bl., Bd. 20, 1873,
S. 58, Taf. IV b, fig. 1—3 geschilderte Abnormität keine
Analogie mit unserem Vorkommniss zeigt. Eine fast voll-
kommene Uebereinstimmung mit dem uns beschäftigenden
Falle bietet nämlich eine bei Hartmann, Gastr. T. 60 von
Solothurn erwähnte *Cl. plicatula Drap.*, die von Char-
pentier im Journ. d. Conch., Bd. 3, 1852, S. 390 folgen-
dermassen beschrieben wird:

„Duplo-aperturata per regenerationem laesionis. Apertura
primordia integerrima adest. Altera vel secundaria,
peristomate lamellisque perfectis instructa, anfractum
dimidium, ex penultimi fractura exeuntem, epidermide
plane destitutum terminat."

Das Unterscheidende von unserm Fall liegt somit nur
darin, dass die obere neue Mundöffnung bei der Hartmann'schen Schnecke nicht wie hier nur wenig aus der
Ebene des letzten Umgangs herausgerückt ist, sondern einer
neugebildeten vollen halben Windung angefügt sein soll.

Neue recente Clausilien. III.

Von

Dr. O. Boettger.

(Mit Tafel II u. III.)

Im Anschluss an die gleichbetitelten Aufsätze in diesem
Jahrbuch V, 1878, S. 33, 97 und 291 mit Taf. II—IV und
X erlaube ich mir in folgendem eine weitere Suite von 14
theils neuen Species, theils neuen und interessanten Varietäten von lebenden Clausilienarten zu geben.

Ueber meine Terminologie der Gaumenfalten vergl. a. a.
O., S. 291. Als neuen Terminus schlage ich vor, die von
der Gehäusespitze zur tiefsten Stelle des Nabelritzes gezogen gedachte Linie „die Seitenlinie: *linea lateralis*"
zu nennen, welche die unbestimmten Ausdrücke, die seither
über die innere Länge der Principalfalte (principalis brevis,
longa, longissima etc.) gang und gäbe waren, bestimmter
zu fassen gestattet, indem die Phrasen „principalis intus
lineam lateralem non attingens", „attingens", „ultra lin. lat.
valde elongata" etc. das Verhältniss der inneren Länge der
Principalfalte, das namentlich in der schwierigen Sect. *Delima*
eine gewichtige Rolle spielt, weit schärfer praecisiren als
bisher.

Clausilia umbilicata n. sp.
(Taf. II. fig. 3.)

Char. Testa peraffinis Cl. cattaroensis (Z.) Rossm., sed
profundius infundibuliformi-rimata, ventrioso-fusiformis,
tenuior. Anfr. 11 planiores, penultimus cum ultimo
fere dimidium testae altitudinis aequans; ultimus ante
aperturam multo densius striatus, non gibboso-inflatus.
Apert. quadrato-circularis; perist. expansum, non reflexum, tenue, acutum. Subcolumellaris basi angulatim
truncata; apparatus claustralis minus profundus, dorsalis, peraffinis illi Cl. rugilabris Mouss.; palatalis
supera principali parallela, infera validior sed minor
et magis emersa. — Clausilium oblique intuenti perdis-
tinctum. — Alt. 20, lat. 5 mm.; alt. apert. 5 $\frac{1}{4}$, lat.
apert. 4 $\frac{1}{2}$ mm. (coll. Boettg.).

Fundort. Bei Antivari in Albanien. Ich sah 2 und
erhielt davon ein Exemplar von Hrn. Cavre. Luigi Benoit in
Messina.

Bemerkungen. Die interessante und sehr distincte
Art steht gerade in der Mitte zwischen *Cl. cattaroensis (Z.)
Rossm.* und *Cl. rugilabris Mouss.*, ist aber im Habitus der
ersteren so ähnlich, dass sie bei oberflächlicher Betrachtung
leicht mit ihr verwechselt werden kann. Der Hauptunter-
schied von ihr liegt in der bauchig-spindelförmigen Totalgestalt unserer Species, der verhältnissmässig bedeutenderen
Höhe der beiden letzten Umgänge, die fast die Hälfte der
Gesammthöhe der Schale ausmachen und in der rein dor-
salen und nicht, wie bei *cattaroensis*, seitenständigen Mondfalte. Ueberhaupt ist der Schliessapparat in Stellung und
Form dem der südlicher wohnenden *Cl. rugilabris Mouss.*
ähnlicher, die Art selbst aber durch die stärker entwickelte,
freistehende untere Gaumenfalte und die nicht verdickte
Lippe von letzterer ebenso bestimmt specifisch verschieden
wie von der nördlicher lebenden *cattaroensis (Z.) Rossm.*

Clausilia callifera K. var. gigas Boettg.

(Taf. 2, fig. 4.)

C h a r. Testa maxima, cylindrata, anfr. 11, superne distincte et distanter papilliferis, papillis elevatis, oblongis, albis; lunella aliquantulum profundiore atque in typo. — Alt. 21, lat. $4\frac{1}{4}$ mm.; alt. apert. $4\frac{1}{2}$, lat. apert. $3\frac{3}{4}$ mm. (coll. Boettg.).

F u n d o r t. Dalmatien. Ich erhielt diese Riesenform unter Uebergangsformen zur typischen *Cl. callifera K.* von 16 mm. Länge durch Hrn. Naturalienhändler J o s. E r b e r in Wien.

B e m e r k u n g e n. Nach eingehendster Vergleichung finde ich von der typischen *Cl. callifera K.*, die mir zudem in Originalexemplaren aus der D o h r n - P f e i f f e r 'schen Sammlung vorliegt, und die bald schwach, bald stärker papillirt auftritt, von wichtigeren Trennungscharacteren bei unserer Form nur die grössere Anzahl der Umgänge und den Unterschied in der etwas tiefer, fast rücken-seitenständigen Lunelle, die mir aber allein nicht genügen, beide Formen specifisch von einander zu scheiden. *Cl. callifera var. minor Westerlund* (vergl. Monografi öfver Pal. Reg. Clausilier, Lund 1878, S. 90), welche ich früher für *callocincta K.* gehalten hatte, mit der sie vielleicht auch, trotz der Versicherung K ü s t e r 's, dass *callocincta* zur Semirugata-Gruppe gehöre, identisch sein könnte, kenne ich von Knin, Muc und Vrlika in Dalmatien.

Clausilia cochinchinensis P.

(Taf. II, fig. 5.)

Ich hatte die vorliegende Art von Hrn. Geh. Rath Prof. W. D u n k e r in Marburg mit der Notiz erhalten, dass dieselbe aus Java stamme und vermuthlich neu sei. Nachdem die Zeichnung vollendet war, wollte ich die Species als neu beschreiben, fand aber bald mit der Abbildung von

Cl. cochinchinensis P. bei Küster, Mou. Claus., Taf. I, fig. 23 und 24 so viel Aehnlichkeit, dass ich es vorzog, mich vor allem nach sicheren Stücken dieser meiner Sammlung fehlenden Art umzusehen. Nachdem ich jetzt durch die Güte des Hrn. Dr. H e i n r. D o h r n in Stettin die beiden Originalexemplare von *Cl. cochinchinensis* P. aus P feiffer's Sammlung zum Vergleich erhalten habe, stehe ich nicht an, das D u n k e r'sche Stück für dieselbe Art zu erklären. Nichtsdestoweniger glaube ich nicht, dass es schaden kann, wenn ich nochmals eine genaue Abbildung dieser bemerkenswerthen Phaedusenart gebe.

Ich beschränke mich in folgendem auf die Angabe der Abweichungen der mir vorliegenden drei Stücke von den von P f e i f f e r und K ü s t e r gegebenen Beschreibungen und Abbildungen. Was die K ü s t e r'sche Abbildung anlangt, so weiss ich als mangelhaft nur hervorzuheben, dass die letzte Windung in der Seitenansicht am Nacken in Wirklichkeit mehr gekrümmt und überhaupt relativ weniger hoch ist. Ausserdem stehen die zahlreichen, bald deutlicheren, bald mehr verschwommenen Gaumenfalten in einem mehr ɔ-förmig gekrümmten, unten oft fast winklig geknickten Bogen. Die K ü s t e r'sche (a. a. O., S. 18) und die P f e i f f e r'sche Diagnose (Mon. Hel., Bd. II, S. 422) lassen sich etwa durch folgende Phrasen noch vervollständigen:

„Testa solidiuscula; anfr. 8½—9, sutura pallidiore disjuncti. Perist. tenuilabiatum. Subcolumellaris oblique modo intuenti conspicua. — Alt. 22—25, lat. 5½— 5¾ mm.; alt. apert. 6—6¼, lat. apert. 4¾ mm."

F u n d o r t. Cochinchina (teste Pfeiffer), Java (teste W. Dunker).

B e m e r k u n g e n. Die überaus niedrige, schwierig zu erkennende, bei einzelnen Stücken, wie es scheint, ganz fehlende Spirallamelle, die, wenn vorhanden, mit der gleichfalls niedrigen Oberlamelle vereinigt erscheint, und die von

unten gesehen in auffallend weitem Bogen spiralförmig ge-
drehte Unterlamelle entfernen die vorliegende Art von der
Gruppe der *Cl. Swinhoei P.*, in welche ich sie früher gestellt hatte, und weisen dieselbe der Gruppe der *Cl. javana
P.* (vergl. meine Clausilienstudien, Cassel 1877, S. 63 be-
ziehungsweise S. 59) zu, in der sie zwischen dem Formenkreis der *Cl. sumatrana v. Mts.* und dem der *Cl. Heldi K.*
einzureihen sein dürfte. Ihre Formverwandtschaft spricht
somit in der That mehr für javanischen als für cochin-
chinesischen Ursprung.

Clausilia Schlüteri n. sp.

(Taf. II, fig. 6.)

Char. Testa vix rimata, periomphalo sublimi, profundius-
culo, biconcavo, fusiformis, gracilis, solida, rufo-brunnea,
sericina; spira turrita. Anfr. convexiusculi, subalti,
supra pallidiores, sutura profundiuscula, tenuiter marginata disjuncti, subtilissime densissimeque striati;
ultimus subattenuatus, basi rotundatus regulariterque
plicato-striatus. Apert. subobliqua, subpiriformi-ovata,
sinulo sublimi, oblique quadrato; perist. satis solutum,
expansum, reflexum, ad insertionem lam. superae parum
excisum. Lamella supera perobliqua, marginalis, alta,
cum spirali longe intranti, altissima, principalem fere
contingente continua; infera elata, subreplicata, antice
oblique ascendens, tum nodulosa et subito recte stricteque acclivis, a basi intuenti plicae latae instar lamellae
superae distanti fere parallela intrans; subcolumellaris
nullo modo conspicua. Principalis conspicua sed vix
perspicua, tenuis, longissima, lineam lateralem intus
transcurrens; palatales superae 2 parvulae obliquae,
flabelli instar positae et subtus lunella rudimentalis,
lateralis, perobliqua, subdirecta. — Alt. circa $19^1/_2$,
lat. 4 mm.; alt. apert. $4^1/_2$, lat. $3^1/_2$ mm. (coll. Boettg.).

Fundort. Das vorliegende, an Spitze und Mundsaum etwas defekte Unicum wurde in aus Ostindien stammendem Kaffee gefunden und mir von Herrn Naturalienhändler W. Schlüter in Halle a. d. Saale zum Geschenk gemacht.

Bemerkungen. Was die Unterscheidung dieser von nahe verwandten Arten anlangt, so ist in erster Linie *Cl. Heldi K.* zu nennen, mit welcher die Species äusserlich sehr viel Aehnlichkeit hat. Doch ist bei *Cl. Schlüteri* ausser anderm die Unterlamelle tiefer, im Innern mehr erhöht, die Subcolumellare ganz unsichtbar und die Spirallamelle der Principalfalte innen fast bis zur Berührung genähert; auch sind die oberen Gaumenfalten kleiner, höher gestellt, schiefer nach unten weisend, und die Mondfalte, die bei *Cl. Heldi* fehlt, ist, wenn auch nur in ihrem unteren Theile, deutlich. Im Uebrigen ist das Gehäuse von *Cl. Schlüteri* auch kleiner und namentlich schlanker. Form und Stellung der beiden Lamellen zu einander lassen sich in gewissem Sinne auch vergleichen mit der im Uebrigen weit grösseren *Cl. Fortunei P.* aus China und den ostindischen Arten Cl. *penangensis Stol.* und *insignis Gould*, ohne dass aber die Gestalt ihrer Gaumenfalten besondere Beziehungen zu unserer Art aufweisen.

Zweifellos gehört vorliegende Species somit in die Gruppe der *Cl. javana P.* (Pseudonenia Bttg.), aber ich bin im Ungewissen, ob ich sie dem Formenkreise der *Cl. insignis Gould* oder besser dem der *Cl. Heldi K.* zutheilen soll. In beiden Fällen müsste die Definition der betreffenden Formenkreise etwas erweitert und ergänzt werden.

Die Arten der Gruppe der Clausilia aculus Benson.

(Euphaedusa Boettg.)

In meinen Clausilienstudien, 1877, S. 58 und in meinem systematischen Verzeichniss der lebenden Arten der Landschneckengattung Clausilia, 1878, S. 38 trennte ich die Gruppe der *Cl. aculus Bens.* (= shangaiensis P.) in drei kleinere Formenkreise: den der *Cl. Joes Bens.*, der *Cl. aculus Bens.* (= shangaiensis P.) und den der *Cl. moluccensis v. Mts.* Ich halte auch jetzt noch an dieser Eintheilung fest, die sich trotz der Entdeckung einer neuen Art und meiner wachsenden Kenntniss zahlreicher interessanter, in diese Gruppe gehöriger Varietäten bewährt hat. Aber im Einzelnen ist Manches in Betreff der Synonymie zu berichtigen. Indem ich in folgendem von dem Formenkreis der *Cl. Joes Bens.* absehe, aus welchem ich nur *Cl. proba A. Ad.* entfernt wissen möchte, wende ich mich speciell zu den beiden anderen Kreisen.

Der Kreis der *Cl. moluccensis v. Mts.* ist vor den anderen beiden Untergruppen ausgezeichnet durch papillirte Naht. Da mir früher keine Originalexemplare von *Cl. Cumingiana P.* zu Gebote gestanden hatten, konnte ich über ihre Beziehungen zu *Cl. moluccensis v. Mts.* nur nach Abbildung und Beschreibungen urtheilen. Nachdem mir jetzt aber durch die Güte des Hrn. Dr. Heinr. Dohrn ein Originalstück von *Cl. Cumingiana P.* von den Philippinen aus Pfeiffer's Sammlung zum Geschenk gemacht worden ist, kann ich die Unterschiede dieser nächstverwandten Arten, welche vielleicht nur als Lokalformen einer und derselben Art aufzufassen sind, genauer angeben. *Cl. Cumingiana* ist etwas kleiner, hat nur $10^1/_2$ Umgänge und einen deutlich stumpferen Wirbel als *Cl. moluccensis*. Die Farbe von *Cl. Cumingiana* ist nach meinem Exemplar heller, die Spitze tiefer nach unten ausgeblasst, die Papillen sind viel zahlreicher, feiner, so fein, dass sie wirklich nur mit Mühe erkannt werden können, und dass man begreift, warum die früheren Beobachter sie bei dieser Art ganz übersehen hatten. In Form und Lage der Mündung und der Falten zeigt sich kein Unterschied, nur finde ich bei *Cl. Cumingiana* das Periomphalum etwas breiter und bei *moluccensis* das Innere der Mündung dunkler, mehr violettbraun gefärbt. Was nun den Formenkreis der *Cl. aculus Bens.* selbst anlangt, so ist die systematische Anordnung der Arten in Hinsicht auf ihre Verwandtschaft nach meiner jetzigen Anschauung die folgende:

Cl. digonoptyx Bttg. Japan.

Cl. tau Bttg. Japan.
Cl. proba A. Ad. (= aculus Bttg. olim) Japan und Korea.
Cl. aculus Bens. (= shangaiensis P.) Süd-China und seine Küsteninseln.
    var. labio Gredl. Central-China.
    var. shangaiensis P. (= Möllendorffi v. Mts.) Ost-China.
Cl. microstoma K. Wahrscheinlich China.
Cl. Fitzgeraldae Boettg. n. sp. Wahrscheinlich China.

Bei *Cl. proba A. Ad.* ist zu bemerken, dass ich diese Art jetzt durch Originalstücke aus der Hand Herrn Dr. Heinr. Dohrn's kenne, und dass sie mit der früher von mir und v. Martens für *Cl. aculus Bens.* gehaltenen Form von Japan und Korea vollkommen übereinstimmt. Was ich also als japanische *aculus* (Clausilienstudien, S. 59 und Jahrb. d. d. Mal. Ges. 1878, S. 49, Taf. III, fig. 3; vergl. auch Kobelt, Fauna japon. extramarina 1879, S. 71, Taf. VIII, fig. 19) beschrieben und angebildet habe, bezieht sich durchgängig auf Adam's *Cl. proba*, die nach aller Wahrscheinlichkeit auf Japan und Korea beschränkt erscheint und von der chinesisch-philippinischen *Cl. aculus Bens.* bestimmt verschieden ist. Die durchlaufende, an ihrer Vereinigung mit der Oberlamelle kaum durch eine niedrigere Stelle unterbrochene Spirallamelle der japanischen Species dieses Formenkreises trennt letztere sicher von den chinesisch-philippinischen Arten, welche sich hingegen stets dadurch auszeichnen, dass die Spirallamelle bei ihnen, wenn vorhanden, nach Art einer Parallellamelle die Oberlamelle aussen bogig umzieht und an ihrem Vorderende unter spitzem Winkel auf das hintere Drittheil der Oberlamelle auftrifft. Von *Cl. aculus Bens.* liegt mir augenblicklich ein grosses Material vor, und ich muss gestehen, dass man bei dieser weitverbreiteten Art dieselbe Beobachtung machen kann, wie bei unseren gemeineren europäischen Formen, nämlich die der grössten Variabilität je nach den Fundorten in Grösse, Farbe, Nackenform und Lippenbildung, aber grosser Constanz in den wichtigeren Charaçteren des Verschluss-Apparates. Ehe ich in folgendem zur Beschreibung der neuen Art *Cl. Fitzgeraldae* übergehe, sei es mir erlaubt, im Anschluss an den Kreis der *moluccensis* die wichtigsten der mir vorliegenden Formen der ächten *Cl. aculus Bens.* aufzuzählen:

1. *Cl. aculus Bens. typ.* von der Insel Chusan nahe Shanghai (coll. W. Dunker). Das grösste Exemplar (alt. 20, lat. 4 mm.) dieser Art, das mir bis jetzt vorgekommen ist. Es zeigt bei 12 Umgängen gelbbraune Färbung, Firnissglanz, unter der Principale 2 — eine deutliche und eine undeutlichere — kleine obere Palatalen, länglich ohrförmige, gerade stehende Mündung, deutlich verdickte, stark umgeschlagene Mundlippe und kaum die Spur einer Spirallamelle. Auch fehlt ihr die buckelige Auftreibung des Nackens der Form *Müllendorffi v. Mts.*

2. *Cl. aculus Bens.* Stücke der Coll. J. Fitz-Gerald

unterscheiden sich von der vorigen Form nur durch geringere
Grösse (alt. 18, lat. $3\frac{1}{2}$ mm.) und durch weniger in die
Länge gezogene Mündung mit schwächerer Lippe. Die
Skulptur mit sparsamen Faltenrippen auf dem letzten Umgang ist dieselbe wie bei der vorigen Form. Drei weitere
Exemplare derselben Sammlung (irrthümlich als *Cl. Sheri-
dani* bezeichnet) sind ebenfalls kleiner (alt. $16-17\frac{1}{2}$, lat.
$3\frac{1}{2}-3\frac{3}{4}$ mm.), haben nur e i n e kleine obere Gaumenfalte
unter der Principale und zeigen schon Spuren einer sack-
artigen Erweiterung an der Basis des letzten Umgangs, wie
sie die Form *Möllendorffi v. Mts.* im Allgemeinen auszeichnet. Leider sind sämmtliche genannte Stücke ohne präcise
Fundorte. Die kleinsten Exemplare derselben Sammlung
(alt. 14, lat. $3\frac{1}{2}$ mm.) weichen nur durch die hellere Färbung und die weitläufige Nackenrippung von der *var. labio
Gredl.* ab, sind aber durch alle denkbaren Uebergänge mit
den eben beschriebenen grösseren Formen verbunden.

3. *Cl. aculus Bens.* 2 Originale der P f e i f f e r'schen Sammlung (coll. H. D o h r n) von der Insel Chusan nahe Shanghai.
$10\frac{1}{2}-12$ Umgänge bei alt. $14-16\frac{1}{2}$ und lat. $3\frac{1}{2}$ mm.
Unter den Stücken der coll. J. F i t z - G e r a l d sind zahlreiche
Stücke, welche mit den genannten Exemplaren vollkommen
übereinstimmen. Das von P f e i f f e r angegebene Vorkommen
einer Lunelle ist nur scheinbar, indem nur selten die callöse
Auflagerung unter den oberen Gaumenfalten so stark wird,
dass man von einer wirklichen Mondfalte sprechen kann.
Vorkommen oder Fehlen dieser Auflagerung ist nach meinen
Beobachtungen und Erfahrungen in dieser Gruppe überhaupt
individuell, und auch auf das Vorkommen von bald blos
einer, bald von zwei kleinen oberen Gaumenfältchen ist kein
Gewicht zu legen.

4. *Cl. aculus Bens.* von der Insel Formosa (coll. D o h r n -
P f e i f f e r). Alt. 17, lat. $3\frac{1}{2}$ mm. Von dem grösseren Stück
unter No. 3 nicht zu unterscheiden.

5. *var. labio Gredler* (Nachrichtsbl. d. d. Mal. Ges. 1878, S. 104).

(Taf. II, fig. 7.)

C h a r. Testa obscure purpureo-fusca, ad peristoma albida, peristomate albo, crasse-labiato. Anfr. 11—12, densius distinctiusque striati, ultimus minus distanter costulatus. — Alt. 15—17¹⁄₂, lat. 3—3¹⁄₂ mm. (6 Exple., leg. *P. K.* Fuchs). Fundort. Han-Kau in Central-China (comm. *P. V.* Gredler).

B e m e r k u n g e n. Durch die dunkel purpurbraune, an *Cl. moluccensis v. Mts.* erinnernde Farbe auffallend, auch durch die nahe der Lippe weissliche Färbung und den rein-weissen Mundsaum selbst, die stärker gewulstete Lippe und in der Regel auch durch dichtere und markirtere Streifung, namentlich an der Basis des Nackens von *Cl. aculus* typ., durch die weniger deutliche buckelige Anschwellung des letzten Umgangs von der *var. shangaiensis P.* unterschieden. Die in Rede stehende Varietät steht am zweckmässigsten zwischen der typischen *Cl. aculus* und ihrer buckeltragenden Form *var. shangaiensis P.*, indem sie beiden ungefähr gleich nahe steht.

6. Die *var. shangaiensis P.* (= Cl. shangaiensis P.), die mir in zahlreichen Stücken aus meiner Sammlung und aus den coll. R o s s m ä s s l e r und J. F i t z - G e r a l d vorliegt, lässt sich n u r durch die buckelige Auftreibung des Nackens, die mitunter sogar an einen stumpfen, ringförmigen Quer-kiel erinnert, von der Stammform der *Cl. aculus Bens.* unterscheiden. Ich kenne sie von Shanghai und Kiu-Kiang. Ihre Mündung ist häufig etwas schiefer gestellt als die von *aculus* typ., auch tritt die Subcolumellarlamelle gelegentlich vor (Exple. in coll. J. F i t z - G e r a l d), doch bleibt das Auf-treten bald einer, bald zweier oberer Gaumenfältchen dem der typischen Form analog. Die Schalenfärbung ist die

gleiche. Alt. 15 $^1/_2$ — 16 $^1/_2$, lat. 3 $^1/_2$ — 3 $^3/_4$ mm. — *Cl. Moellendorffi v. Mts.*, die mir in Originalen v. Möllendorffs von Kiu-Kiang vorliegt, weiss ich nicht von etwas bauchigen Stücken der *var. shangaiensis P.* zu unterscheiden; doch ist bei ihr die buckelige Auftreibung und ringförmige Anschwellung des Nackens meist extrem stark.

Als Verbreitungsgebiet von *Cl. aculus Bens.* keunen wir somit jetzt ganz Mittel- und Süd-China und seine Küsteninseln Chusan und Formosa.

An diese Art schliesst sich iunig an:

Clausilia Fitzgeraldae n. sp.

(Taf. II, fig. 8).

Char. Testa affinis Claus. aculus Benson, sed minor, gracillima; spira subuliformis; apex acutiusculus. Anfr. 14 lentissime accrescentes, convexi, sublaevigati; ultimus vix $^1/_5$ altitudinis aequans, obsolete costulato-striatus, ante aperturam aeque atque in Cl. aculus var. shangaiensi P. crista annulari obsoleta, tumida cinctus. Apert. late piriformis, recta, sinulo sublimi, oblongo; lamella supera perobliqua, intus praerupte truncata, cum spirali angulo distincto se jungens, lamella infera profundiuscula, sublimis, superae valde approximata, subhorizontalis. Caeterum ut in Cl. aculus, sed principalis profundior, palatales 2 superas punctiformes antice posticeque aequa longitudine transcurrens. — Alt. 13 $^1/_2$, lat. 2 $^1/_2$ mm.; alt. apert. 2 $^1/_2$, lat. apert. 2 mm. (coll. J. Fitz-Gerald).

Fundort. Das Vaterland dieser Art ist wie bei der ebenfalls nahe verwandten, aber weit weniger schlanken *Cl. microstoma K.* unbekannt, aber wegen des Gesammt-habitus und der eigenthümlichen Verbindung von Ober- und Spirallamelle, die in ähnlicher Weise nur bei *Cl. aculus Bens.* wiederkehrt, kann fast mit Sicherheit gleichfalls auf

China geschlossen werden. Das einzige bekannte Stück dieser
zierlichen Novität liegt in der Sammlung der Frau Dr. J.
Fitz-Gerald in Folkestone (England), einer Sammlerin,
die durch die besondere Bevorzugung der Gattung Clausilia
in ihrer reichen Collection beweist, wie scharf sie unterscheidet und wie wenig sie vor den Schwierigkeiten, die
gerade diese Gattung der ernsten Wissenschaft bereitet,
zurückschreckt.

Bemerkungen. Die kleine Art hat viel überein-
stimmendes mit *Cl. aculus Bens.*, unterscheidet sich aber
abgesehen von ihrer geringeren Grösse leicht durch das
überaus schlanke, pfriemförmige Gehäuse mit spitzerem
Wirbel. Von den 14 gewölbten, ausserordentlich langsam
an Höhe zunehmenden, kaum merklich gestreiften Umgängen erreicht der letzte kaum $^1/_5$ der Höhe der Gesammt-
schale, ist verloschen rippenstreifig und vor der Mündung,
wie bei *Cl. aculus var. shangaiensis P.*, mit einem schwachen,
stumpfen Querkiel umgürtet. Die breite, fast regelmässig
birnförmige Mündung steht vollkommen senkrecht und zeigt
auffallend hochgezogenen, oblongen Sinulus. Die Oberlamelle ist sehr schief gestellt, nach hinten erhoben und
dann plötzlich und steil abfallend, mit der sie im Bogen
umziehenden Spirallamelle im letzten Drittel ihrer Längen-
ausdehnung in Berührung; die Unterlamelle steht etwas
tief und zugleich auffallend hoch, der Oberlamelle sehr
genähert und ist bei geradem Einblick nur als schwache,
nahezu horizontale Falte sichtbar; die Subcolumellarlamelle
ist verdeckt. Ueber dem durchscheinenden Clausilium stehen
2 deutliche Palatalfältchen, über diesen die tiefgelegene,
nach vorn und hinten gleichweit sich über sie hinaus fort-
setzende Principale. Die Mundlippe ist ziemlich gut entwickelt, die Verdickung unter dem Sinulus recht merklich.

Clausilia belone n. *sp.*
(Taf. III, fig. 9).

Char. Testa peraffinis Cl. Schwerzenbachi Chpr. (Taf. III,
fig. 9*), sed aliquantulum minor, anfr. ultimo basi
unicarinato nec subbicarinato. Apert. magis elongata
et augustata, subtriangulari-piriformis; perist. superne
minus solutum. Lamella infera *non* in pliculam marginalem desinens ut in Cl. Schwerzenbachi. Apparatus
claustralis ut in illa, sed minus profundus, dorsalis;
principalis brevis, nullo modo ultra palatalem superam
parvulam elongata. — Alt. $12^3/_4 - 13$, lat. 3 mm.;
alt. apert. $2^3/_4 - 3$, lat. apert. 2 mm. (coll. Boettg.).
Fundort. Natolien; als *Cl. Schwerzenbachi Parr.*
erhalten.

Bemerkungen. So nahe diese Art auch im Habitus
und in der Skulptur der *Cl. Schwerzenbachi Chpr.*, die ich
in guten Stücken aus Brussa direct vergleichen kann, steht,
so gut und bestimmt scheint sie sich doch durch die angegebenen, ganz constanten Merkmale zu unterscheiden.
Namentlich ist es die verlängerte Mündung, das fehlende,
bei *Cl. Schwerzenbachi* nach dem Peristom laufende Quer-
fältchen, in welches die Unterlamelle vorn ausläuft, und
der weniger tiefe Schliessapparat, wie auch die nach hinten
nicht über die kurze Gaumenfalte hinaus verlängerte Principale, welche unsere Form leicht und sicher von *Cl.
Schwerzenbachi* und ihren Varietäten *cristata A. Schm.* und
holoserica A. Schm. trennen lässt. Bei der typischen *Cl.
Schwerzenbachi* überragt dagegen die Principale das Innen-
ende der oberen Gaumenfalte nach hinten noch um volle
$1^1/_4 - 1^3/_4$ mm.; auch ist dieselbe in der Seitenansicht bei
dieser immer lang und deutlich sichtbar. Die mit einem
* bezeichnete Rückenansicht von *Cl. Schwerzenbachi* typ.
ist auf der Tafel zur Vergleichung mit unserer Art bei-
gefügt worden.

Clausilia Bourguignati Chpr. var. eustropha Boetty.

Syn. Cl. Rothi subsp. eustropha Boettger in System. Verz. d. leb. Arten von Clausilia, Offenbach 1878, S. 54.

(Taf. III, fig. 10.)

Char. Testa a Cl. Bourguignati typica solum discrepans cristis basalibus acutioribus validioribusque, anfr. ultimo magis a latere impresso et ad basin magis contracto, nec non peristomate magis soluto magisque expanso, tum edentulo tum plicatulo. — Alt. $12^1/_2$—16, lat. 3—$3^1/_2$ mm.; alt. apert. vix 3—$3^1_{,2}$, lat. apert. $2^1/_4$ —$2^3/_4$ mm. (coll. Boettg.).

Fundort. Auf der Insel Skyatho, nördlich von Euboea und bei Hellenika auf Nord-Euboea selbst, an beiden Orten nicht selten (leg. Mlle. Joséphine Thiessc).

Bemerkungen. In keiner einzigen Clausiliengruppe herrscht über den Artbegriff eine so grosse Confusion als in der wesentlich auf Griechenland, Euboea, Syra und einige nahegelegene Inseln beschränkten Sippe *Hellenica Bttg.*, zu welcher die erwähnte Species gehört. Und zu meinem grossen Leidwesen muss auch ich gestehen, dass es mir bislang noch nicht gelungen ist, für die bis jetzt aufgestellten Arten durchgreifende und scharfe Charaktere aufzufinden, trotzdem mein Material an einschlägigen Formen nicht unbedeutend genannt werden darf. Bei Vergleichung der vorliegenden Stücke mit bereits bekannten Arten kommen hier nur die kleineren, deutlich gerippten in Betracht, nämlich *Claus. Rothi Zel.* von Syra, *Cl. Bourguignati Chpr.* aus Morea, *Cl. Pikermiana Roth* aus Attika und Bœotien und *Cl. cristicollis West.* aus Argolis. Was zuerst *Cl. Rothi Zel.* anlangt, so ist dieselbe constant kleiner als die vorliegende Form, das Peristom ihrer relativ stets kleineren Mündung ist weniger umgeschlagen und fast wulstlippig, und die Basalkiele sind viel schwächer entwickelt. Ueber-

gänge von ihr zu der vorliegenden Form *eustropha* kenne
ich nicht. Schwieriger gestaltet sich die Vergleichung mit
Cl. Bourguignati Chpr. (1852) und *Cl. cristicollis West.*
(1877), von denen ich leider nur die letztere in zweifel-
losen Stücken kenne, die beide aber auch mir nur Formen
einer und derselben Species zu sein scheinen, einer Art, die
theils mit theils ohne Fältelung am Mundsam rechts von
der Oberlamelle auftritt und meiner festen Ueberzeugung
nach ebenso vollkommen identisch mit *Cl. Pikermiana* Roth
(1856) ist. Ich rechne überhaupt zu *Cl. Bourguignati Chpr.*
alle mittelgrossen Formen mit kräftiger Skluptur und relativ
schwächeren Basalkielen, die auf dem Festland von Morea
und in Rumelien bis jetzt bekannt sind, betrachte aber
vorläufig die *var. minor Chpr.* als eigene Species und iden-
tifizire sie mit *Cl. Rothi Zel.*, mit welcher Charpentier's
Diagnose seiner *var. minor* sehr gut übereinstimmt. Was
früher als *Cl. Rothi Zel.* von Euboea bezeichnet wurde,
namentlich die aus dem nördlichen Theile dieser Insel
stammenden Formen und die mit ihr übereinstimmende
Schnecke von der Insel Skyatho fasse ich dagegen als wirk-
liche Varietät von *Cl. Bourguignati* unter dem Namen
eustropha zusammen, da sie sich in der That durch kräftigere Entwicklung der Basalkämme von der Stammart
unterscheiden lässt. Ich würde die vorliegende Form wohl
als n. sp. publicirt haben, wenn ich nicht vom Delphi-
gebirge auf Euboea schwächer gestreifte Formen kennen
gelernt hätte (? *bicolor P.*), die unserer Varietät überaus ähnlich
sind und eben nur durch die Skulptur unterschieden werden
können, und die recht anschaulich beweisen, dass in dieser
Gruppe eben alles noch im Flusse ist und an eine scharfe
specifische Trennung wahrscheinlich überhaupt nicht gedacht
werden darf. Von *Cl. Rothi Zel.* durch *Bourguignati Chpr.*
bis zu *bicristata Rossm.*, die man als drei Ruhepunkte in
dem Chaos dieser veränderlichen Formen betrachten kann,

scheinen mir alle erdenklichen Uebergänge zu existiren.
Allenfalls liesse sich noch *Cl. attica (Parr.) A. Schm.* von
Schimatari in Bœotien als etwas besonders Characteristisches
behaupten, die in der That durch kurze, fast obsolete Principale eine kleine Auszeichnung besitzt, aber sonst in allen
Dingen einer grossen *Bourguignati Chpr.* bedenklich ähnlich
erscheint.

Clausilia persica n. sp.
(Taf III, fig. 11.)

Char. Testa forma coloreque Cl. tschetschenicae P., sed
profecto apparatu claustrali maxime affinis Cl. hetaerae
Friv. Discrepat a Cl. hetaera testa majore, multo ven-
triosiore, obscure castanea, nitidula; spira concave-
producta; apice latiore, obtusissimo. Anfr. 11 $^1/_2$ — 12
sublaeves vel densissime obsolete striatuli; ultimus
dense subtilissimeque striatus, basi validius cristatus,
crista angustiore, acutiore. Apert. Cl. hetaerae simillima,
sed subrhomboidea; lamella infera magis immersa,
subocculta, columellâ protractâ intus distincte bira-
mosa, ramis subparallelis, sulco profundo separatis nec
subbifurcata. — Alt. 16—17, lat. 4—4$^1/_2$ mm.; alt.
apert. 3$^1/_2$—3$^3/_4$, lat. apert. 2$^3/_4$—3 mm. (coll. H.
Dohrn).

Fundort. Bei Astrabad in Persien, im Südosten des
Caspisees, zusammen mit einer schlanken und dunkelgefärb-
ten Varietät von *Cl. laevieollis Chpr.* in 5 unter sich übereinstimmenden Exemplaren gesammelt; von Hrn. Dr. Heinr.
Dohrn in Stettin mitgetheilt.

Bemerkungen. Diese merkwürdige Art ist auf den
ersten Blick kenntlich durch ihre an *Cl. tschetschenica P.*
erinnernde Form und Farbe, aber eben so leicht auch zu
unterscheiden durch das Auftreten einer langen Principalfalte und einer darunter liegenden, deutlichen, gelb durchscheinenden Mondfalte ohne weitere Gaumenfalten. Trotz

des abweichenden, plump keulenförmigen Habitus ist die vorliegende Species dagegen ungemein nahe der *Cl. hetaera* (*Friv.*) *P.* verwandt, aber durch die fehlende Skulptur, die concav ausgezogene stumpfere Spitze bei bauchigerer Schale und namentlich dadurch zu unterscheiden, dass die Columelle infolge des am Nabelritz mehr eingedrückten Nabelfeldes weiter in die Müudung vorspringt und so die tief liegende, etwas abweichend gebildete Unterlamelle mehr verdeckt. Auch ist die Mündung bei *Cl. persica* länglicher, eckiger, fast rein rhomboidisch. Die Unterschiede beider letztgenannten Arten von einander sind demnach im Schliessapparat fast so geringe als zwischen *Cl. somchetica P.* und *tschetchenica P.*, und doch ist die Trennung derselben schon durch den Habitus eine eben so sichere als constante.

Clausilia praegracilis n. sp.

(Taf. III, fig. 12.)

C h a r. Testa forma et sculptura similis Cl. regulari (Parr.) P. magnae, sed rimata, praegracilis, corneo-fuscula nec violascens; spira multo magis attenuata, anfr. tres ultimos altitudine superans; apice acutiore, albescente. Aufr. 13 fere plani, lentius accrescentes, sutura non marginata disjuncti, secundus subinflatus; ultimus minus angustatus neque a latere suturae paralleloimpressus, basi distincte gibboso-cristatus et subsulcatus. Apert. ovato-oblonga nec piriformis, intus vix flavescens; perist. minus expansum. Lamellis plicisque Cl. regulari simillima, sed lamella supera *non* marginali, parva, valde a spirali separata, subcolumellari nullo modo conspicua; lunella lunari distincte perspicua. — Alt. $16 \frac{1}{2}$, lat. 3 mm.; alt. apert. 3, lat. apert. $2 \frac{1}{4}$ mm. (coll. Bttg.).

F u n d o r t. Syrien; in einem Exemplar mit anderen syrischen Arten aus Beirut erhalten.

Bemerkungen. Trotz der Aehnlichkeit in Farbe, Skulptur und in dem eigenthümlich blasenförmig verdickten Embryonalende mit *Cl. porrecta Friv.*, *strangulata Fér.* und *Medlycotti Tristr.*, die sich als ihre nächstwohnenden Verwandten bezeichnen lassen, zeigt sich bei der vorliegenden Art eine so nahe Beziehung zu den dalmatinischen Agathyllen und namentlich zu *Cl. exarata* und *Cl. regularis*, dass ich offen gestanden nicht abgeneigt bin, unsere Species vorläufig dieser Section als einzige — oder wenn *Cl. albicosta Bttg.*, was möglich ist, gleichfalls kleinasiatisch wäre — als zweite asiatische Art anzureihen. Was mir besonders auffallend scheint, ist der Umstand, dass unserer Art die gröberen Quer- und Längskiele der ächten Cristatarien fehlen und nur ein nicht gerade sehr kräftiger, aber langer Basalkiel auftritt, der sich kaum auf die Kiele von Cristataria zurückführen lässt. Auch die Form der Clausiliumspitze stimmt nicht mit der von Cristataria. Schon früher habe ich eine ähnlich braungefärbte, weissrippige Art, die aus Macedonien stammen sollte, aber vielleicht auch syrischen Ursprungs ist, als *Cl. (Agathylla) albicosta* beschrieben, und es ist nicht unwahrscheinlich, dass beide durch weitere Entdeckungen neuer Formen noch näher mit einander verknüpft werden, als sie es in der That schon sind. Sie scheiden sich streng nur durch die Ausbildung der Mondfalte von einander, die bei der grösseren und weit bauchigeren *Cl. albicosta* nur aus einem unter der Principale angedeuteten, strichförmigen, kurzen oberen Rudiment besteht, während sie bei der vorliegenden Art sehr deutlich als halbkreisförmiger Bogen durchscheint. Färbung, Skulptur und Form der Unterlamelle haben dagegen bei beiden Arten viel verwandtes. Die Aehnlichkeit unserer Art mit der dalmatinischen *Cl. (Agathylla) regularis (Parr.) P.* und namentlich mit ihrer grösseren Varietät *Walderdorffi (Parr.) P.* ist so bedeutend, dass einige Aufmerksamkeit dazu gehört, beide auf den ersten Blick von einander zu unterscheiden. Namentlich ist es die Schlankheit, die Skulptur mit weissen, ziemlich geradlinigen Rippchen und die Form und Stellung der Unterlamelle, welche beiden Arten nahezu gemeinschaftlich ist. Aber schon die bräunliche, nicht wie bei den Dalmatinern ins Violette spielende Gehäusefarbe, das Auftreten eines langen und engen Nabelritzes, die langsamer und gleichmässiger zunehmenden, zahlreicheren Umgänge, deren zweiter etwas aufgeblasen erscheint, deren drei letzte aber nicht wie bei *Cl. regularis* die Hälfte der Gehäusehöhe erreichen, lassen beide Species von einander unterscheiden. Fügen wir noch hinzu, dass die letzte Windung sich weniger nach unten vereugt und an der Basis einen langen Höckerkiel und eine lange, schwache, ihn begränzende Kielfurche zeigt, dass in der mehr ei-elliptischen, blass weissgelben Mündung die Oberlamelle klein, nicht randständig und weit von der in entferntem Bogen um sie herumziehenden Spirallamelle getrennt ist, und dass die Subcolumellarlamelle auch bei sehr schiefem Einblick nicht oder nur unvollkommen sichtbar wird, so haben wir ziemlich alle Verschiedenheiten von *Cl. praegracilis* und *regularis*, soweit sie äusserlich sichtbar sind, aufgezählt. Form und Stellung von Principalfalte und Lunelle scheint merkwürdiger Weise bei beiden absolut identisch zu sein.

Clausilia imitatrix n. sp.
(Taf. III, fig. 13.)

C h a r. Testa profunde arcuato-rimata, ventrioso-fusiformis, opaca, isabellino-albida; spira brevis. conica; apex obtusulus. Anfr. 9, primi convexi, sutura profunda disjuncti, medii convexiusculi, sutura levi subcrenulata discreti, subrecte stricteque costulati; ultimus planissimus, angustatus, basi obsolete bicristatus leviterque sulcatus, crista exteriore suturae subparallela. Apert.

quadrato-rotundata, basi valde recedens, sinulo lato, rotundato; perist. solutissimum, valde protractum et expansum, reflexiusculum. Lamellae humiles, supera submarginalis, compressa, a spirali profundissima valde separata, infera subobsoleta, sigmoidea oblique ascendens, in profundo subbifurcata et a basi intuenti spiraliter recedens, subcolumellaris nullo modo conspicua. Principalis conspicua, altissima, spirali subparallela eique in profundo valde approximata, lunellam lateralem, obliquissimam, antrorsum ab ea divergentem, subtus in palatalem inferam longissimam excurrentem vix transgrediens. — Alt. 15, lat. $3^3/_4$ mm.; alt. apert. $3^3/_4$, lat. apert. $3^1/_4$ mm. (coll. Fitz-Gerald u. Boettg.).

Fundort. Frau Dr. J. Fitz-Gerald in Folkestone (England), der ich die schöne, bis jetzt nur in 2 Stücken bekannte Art verdanke, hat dieselbe von Malta erhalten.

Bemerkungen. In der That erinnert die vorliegende Species auffallend an die schönen Formen der Syracusana-Gruppe, welche die Malta-Inseln so sehr auszeichnet, aber der auffallend tiefliegende seitliche Schliessapparat und das Fehlen der Suturalfalten entfernen sie von *Cl. oscitans Fér. scalaris P.* und *mamotica Gulia* doch wieder sehr. Auch mit der *Avia-saxatilis*-Gruppe der Insel Cypern zeigen sich Analogieen, doch weicht letztere in der Gehäuseform und in dem Mangel einer unteren Gaumenfalte gleichfalls ab. Am liebsten möchte ich, trotz des ganz erheblich abweichenden Habitus und der ebenso verschiedenen Skulptur unsere Art mit der folgenden (*bathyclista Blanc*), die in Bezug auf Form und Lage der Lunelle und der unteren Gaumenfalte eine ganz auffallende Aehnlichkeit zeigt, in ein und dieselbe Gruppe stellen. Wenn auch beide genannte Arten sich von *Papillifera* nach meiner Auffassung (Boettger, System. Verzeichn. der leb. Arten von Clausilia, Offenbach

1878, bei C. Forger, S. 33) schon recht merklich entfernen, kann ihnen doch nur in dieser Section ein Platz angewiesen werden. Ich schlage vor, *Cl. imitatrix* und *bathyclista* zu einem kleinen Formenkreise zu vereinigen, der unter *Papillifera* vor der Gruppe der *Cl. isabellina P.* einzuschalten ist und den naturgemässen Uebergang zur Sect. *Albinaria* vermitteln hilft.

Clausilia bathyclista Blanc n. sp.

Cavre. Hipp. Blanc in lit. et sched. 1878.

(Taf. III. fig. 14.)

C h a r. Testa arcuato-subrimata, vasta. ventrioso-fusiformis, parum pellucida, subniteus, corneo-fusca; spira conica; apex obtusus. Anfr. 10, superi convexiusculi, inferi applanati, sutura tenuiter sed distincte marginata disjuncti, irregulariter et distanter striatuli; ultimus planatus, subconicus, ruguloso-striatus, basi rotundatus sed arcuato-cristatus ad periomphalum et praeterea sulco longo, arcuato, subdistincto munitus. Apert. quadrato-rotundata, basi subangulata, sinulo parvulo, quadrato-rotundato; perist. continuum, vix solutum, parum expansum, undique reflexum, fusculo-labiatum, sub sinulo subincrassatum. Lamellae mediocres; supera submarginalis, verticalis, compressa, triangularis, spiralem disjunctam profundiusculam valde transgrediens; infera substricta oblique ascendens, subreplicata, a basi intuenti subtus media parte gibboso-incrassata et tum spiraliter recedens, subcolumellaris parallelaque inconspicuae. Suturalis distincta longissima; principalis longa, lunellam lateralem 2-formem non transgrediens et postice eacum connexa. Palatales 2, supera conspicua, ◡-formis, antice cum principali fere connexa, postice lunellam non attingens, infera profundiuscula

longa e lunella exiens, principali subparallela. — Alt.
17, lat. 4 mm.; alt. apert. $4^1/_4$, lat. $3^1/_2$ mm. (coll.
Hipp. Blanc u. Boettg.).

var. minor Bttg. Testa minor; anfr. 9; palatalis supera
aut obsoleta aut nulla. — Alt.. $13^1/_4$—14, lat. $3^1/_2$—
$3^3/_4$ mm.; alt. apert. $3^1/_2$—$3^3/_4$, lat. apert. 3—$3^1/_4$
mm. (coll. Hipp. Blanc u. Boettg.).

Fundort. Im Kandili-Gebirge an der Westküste von
Euboea (leg. Cavre. Hippolyte Blanc in Portici und Mlle.
Joséphine Thiesse), selten; beide Formen kommen unter-
mischt vor.

Bemerkungen. Diese schöne Species, deren erste
Kenntniss ich Hrn. Cavre. Hipp. Blanc verdanke, welcher
sie auch als neue erkannt hatte, fügt sich nur schwer in
das von mir adoptirte System. Im äusseren Habitus an die
Papilliferen der griechischen Gruppe der *saxicola Parr.* er-
innernd, zeigt sie doch durch das Auftreten einer nicht bis
an die Naht fortsetzenden Mondfalte und die sehr entwickelte untere Gaumenfalte so auffallende Verschiedenheiten von dieser Section, dass man wohl in Zweifel kommen
kann, in welchem Schubfach man die merkwürdige Art
unterbringen soll. Hätte die Species weisse Farbe oder auch
nur Fleckenzeichnung und mehr rückenständige Mondfalte,
wie *Cl. grisea Desh.*, *Krüperi P.* und *dissipata Boettg.*, so
könnte man fast an eine Verwandtschaft mit *Albinaria*
v. Vest denken. Am richtigsten aber scheint es mir doch
zu sein, die Art mit *Cl. imitatrix* zusammen vorläufig zu
einer kleinen Gruppe zu verbinden, die in der Form und
in der extrem schiefen Stellung der tiefgelegenen Luuelle
sich vor allen bekannten Clausilien auszeichnet, und beide
an den Anfang der Sect. *Papillifera* vor die Gruppe der
Cl. isabellina P. zu stellen.

Clausilia Strobeli Porro var. glabrata Boettg.

(Taf. III, fig. 15).

Char. Testa a Cl. Strobeli Porro solum discrepans statura graciliore, colore nitide-castaneo, anfr. 11—12 fere laevibus et ad suturam modo obsolete distanter crenulato-costulatis neque albo-strigillatis. — Alt. 11 —12½, lat. 2½—2¾ mm.; alt. apert. 2¼—2½, lat. apert. 1¾ mm. (coll. Boettg.).

Fundort. Das Trentino in Südtirol; als *Cl. corynodes Held* erhalten.

Bemerkungen. In der That ist diese Form von *Cl. Strobeli*, die auf den ersten Blick kaum an die kräftig gerippte Stammform erinnert, der *Cl. corynodes Held* so ähnlich, dass erst die Herren Paul Fagot in Villefranche und P. Vincenz Gredler in Bozen mich darauf aufmerksam machen mussten, dass die vorliegende Art nicht wohl mit *Cl. corynodes* vereinigt werden könne. Namentlich war es der seitliche Quereindruck vor dem Mundrande, der die genannten Herren und dann auch mich davon überzeugte, dass wir es in dieser merkwürdigen Varietät in der That nicht mit *Cl. corynodes Held* zu thun haben. Erst die genauere Vergleichung mit *Cl. styriaca, concilians* und *Strobeli* ergab das unanfechtbare Resultat, dass die Form als nahezu glatte Varietät zu der letztgenannten Schnecke gezogen werden muss. Hrn. *P. V. Gredler*, dem genauen Kenner der Fauna Tirols, war diese Form auffallender Weise bis dahin unbekannt geblieben. Ich will schliesslich statt eingehender Beschreibung ausdrücklich noch bemerken, dass die vorliegende Varietät mit den mit deutlicher, langer Principalfalte versehenen Arten *Cl. exoptata A. Schm.*, *Whatelyana Villa* und *Villae Mühlf.* (= brembina Strob.) nicht das Geringste zu schaffen hat.

Clausilia (Nenia) bogotensis H. Dohrn n. sp.

Dr. Heinr. Dohrn in lit. et sched. 1878.

(Taf. III, fig. 16).

Char. Testa non rimata, fusiformis, solida, opaca, pallide
corneo-fuscula, ad aperturam albescens; spira turrita;
apex decollatus. Anfr. superstites 7 planati, sutura
parum profunda. crenulata disjuncti, oblique subtiliter
ruguloso-costulati; ultimus tertiam circiter partem
altitudinis aequans, attenuatus, subcylindratus, dein
protractus, basi bene rotundatus, rugulis loco sulci
basalis deficientis subangulatim confluentibus. Apert.
subcircularis, alba, sinulo sublimi, quadrantiformi;
perist. continuum, solutissimum, valde expansum et
undique reflexum, late albo-labiatum. Lamella supera
validissima, marginalis, imo protracta, verticalis, latere
sinistro excavata, cum lamella spirali minus alta, valde
spiraliter torta angulatim contigua, infera crassa, sublimis, subtransverse oblique ascendens, intus altior, a
basi intuenti media parte leviter gibbosa et subangulata nec spiraliter recedens, subcolumellaris occulta.
Principalis conspicua sed brevis, antice cum sutura
convergens, postice spirali parallela, ultra lunellam,
ut videtur, obsoletam, vix perspicuam, semicircularem,
dorso-lateralem non producta. — Alt. 21, lat. vix
$4^3/_4$ mm.; alt. apert. $4^1/_2$, lat. apert. $4^1/_2$ mm. (coll.
H. Dohrn).

Fundort. Auf dem Plateau von Bogotá in Ecuador;
nur ein Exemplar in der Sammlung des Hrn. Dr. Heinr.
Dohrn in Stettin.

Bemerkungen. Weder Hrn. Dr. Dohrn noch mir
ist eine Art der Section *Nenia H. et A. Ad.* bekannt, mit
der sich die in Rede stehende Species verwechseln liesse.
Durch die vollkommene Rundung des Nackens nähert sie

sich eher der in Neu-Granada vorkommenden *Cl. perarata
v. Mts.*, die im Uebrigen durch die fehlende Decollation,
die gröbere Skulptur und die innen fleischroth gefärbte
Mündung leicht zu unterscheiden ist, als der im Habitus
näher stehenden, gleichfalls gröber costulirten und mit in
einer Flucht durchlaufender Spirallamelle ausgestatteten
Cl. tridens Chemn. sp. aus Puertorico.

Excursionen in Süditalien.

Von

W. Kobelt.

1. Ins Matesegebirg.

Von Neapel aus sieht man links vom Vesuv hinter der
Terra di Lavoro eine Gruppe mächtiger Kalkgebirge em-
porragen, welche bis tief in den Sommer hinein Schnee
tragen. Es ist dies das **Matesegebirg**, die letzte mäch-
tige Gruppe von Kalkbergen vor dem Beginn der vulkani-
schen Tuffe des Voltore und bis an den Rand der Senkung
vortretend, durch welche die Eisenbahn von Neapel nach
Foggia führt. Im Alterthum wohnten dort die Samniter
und ihre Nachkommen sind noch heute ein eigenthümlicher,
trotziger Menschenschlag, wie ihre Vorfahren, die den
Römern so viel zu schaffen machten. Die Frauen erkennt
man sofort an dem schwarzen, zusammengelegten Tuch,
das den Kopf bedeckt und bis auf den Rücken herabfällt.

Das Matesegebirg, so leicht es von Neapel aus zu erreichen ist und so verlockend es dem Fremden in Neapel
in die Augen sticht, wird von Touristen kaum besucht, in
keinem Reisehandbuch finden sich Notizen über Cerreto-

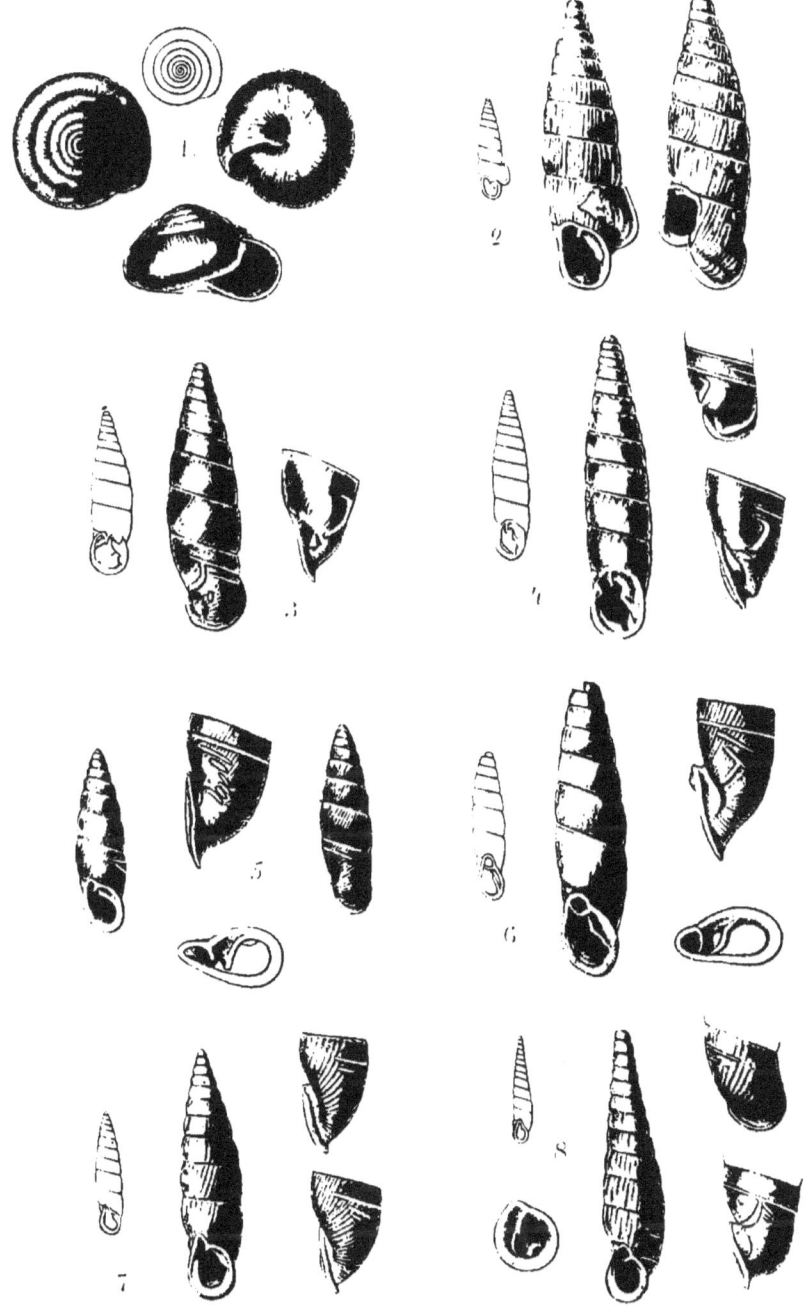

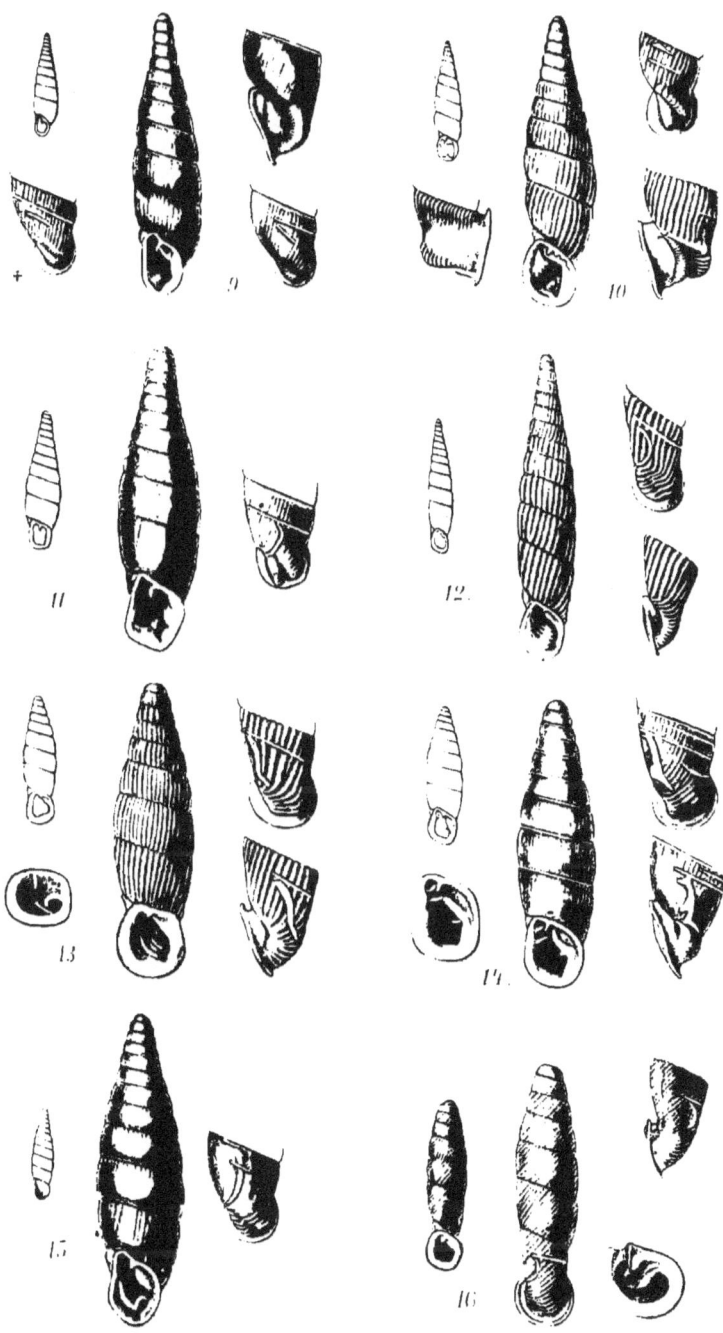

Neue recente Clausilien. IV.

Von

Dr. O. Boettger.

(Mit Taf. 10, fig. 1 u. 2.)

Im Anschluss an die gleichbetitelten Aufsätze in diesem Jahrbuch V, 1878, S. 33, 97 u. 291 mit Taf. II—IV u. X und VI, 1879, S. 101 mit Taf. II u. III folgen hier zwei weitere Novitäten aus dieser grossen und schwierigen Landschneckengattung.

Clausilia (Cristataria) laodicensis n. sp.

(Taf. 10, fig. 1.)

Char. Testa maxime affinis *Cl. strangulatae Fér.*, sed minor, regulariter fusiformis, subventriosa, pallide isabellina, spira parum elata. Anfr. solum $11^1/_2$ convexiusculi, sutura marginata disjuncti, ultimus carina annulari transversa minus valida minusque ad dextram producta instructus. Apert. latior, subovata; lam. supera minor, profundius sita, infera *valida*, compressa, sigmoidea, antice callosa, *a basi inspicienti spiraliter torta recedens*, subcolumellaris vix conspicua, subverticaliter descendens, basi *haud* truncata; palatalis infera *distincta*, longe emersa. — Alt. $16—17^1/_2$, lat. $3^2/_3—3^3/_4$; alt. apert. $3^3/_4$, lat. apert. $2^3/_4$ mm. (6 Exple.).

Diese prachtvolle und sehr leicht durch die bauchige Gehäuseform, durch die weit nach links in die Mündung hineinragende, verhältnissmässig auffallend stark entwickelte Unterlamelle und durch die kräftige untere Gaumenfalte von *Cl. strangulata Fér.*, der sie unter allen bekannten Arten der Section Cristataria am nächsten kommt, zu

unterscheidende Art stammt aus der Umgebung von La-
takia (Laodicea) in Phönicien. Vier Stücke derselben erhielt
ich als vermuthlich neu von Hrn. Cavre. Ippol. Blanc
in Portici unter dem oben angeführten Namen, zwei ohne
Benennung von Hrn. Abbé Prof. D. Dupuy in Auch,
welche sämmtlich in letzter Hand von Hrn. Dr. Baudon
stammen, dem bekannten Specialisten für die Gattung
Succinea.

Clausilia (Papillifera) delimaeformis n. sp.

(Taf. 10, fig. 2).

Char. Forma staturaque *Cl. saxicolae (Parr.) P.* gracilis, sed apparatu claustrali sect. *Delimae.* Testa
arcuato-rimata, claviformis, gracilis, parum pellucida,
subnitens, corneo-fusca, pruinosa; spira subturrita;
apex obtusus. Anfr. $9^1/_2$, lente accrescentes, superi
convexiusculi, inferi fere plani, sutura levi, albido-
filosa disjuncti, densissime striatuli; ultimus subtus
vix angustatus, ante aperturam dense striatus, basi
levissime subgibboso-cristatus tenuiterque sulcatus.
Apert. subobliqua, ovata, superne magis quam inferne
angulata, sinulo magno, subrectangulari; perist. continuum, brevissime solutum, infundibuliformi-expansum,
undique reflexiusculum, fusculo-sublabiatum, sub sinulo
non incrassatum. Lamellae parvae; supera minima,
recedens, verticalis, valde compressa, triangularis, spiralem disjunctam transgrediens; infera sublimis, sigmoidea, obsolete furcata, a basi intuenti spiraliter
recedens; *parallela distinctissima*; subcolumellaris antice
modo tuberculi instar conspicua. Suturalis distincta
longissima; *principalis longa*, lunellam sublateralem,
rectam strictamque, superne recurvam parum transgrediens eacumque connexa. Palatalis infera parva e
lunella exiens profunda, calcariformis, oblique descen-

dens. — Alt. 15½, lat. 3½; alt. apert. 3¾, lat. apert. fere 3 mm. (1 Expl.).

Diese in der That zwischen den Sectionen *Papillifera* und *Delima* nahezu in der Mitte stebende Species stammt von den Dardanellen, wo sie Hr. R o u s s e a u, aide-naturaliste am Pariser Museum im Jahr 1841 auf seiner Rückreise aus dem Kaukasus sammelte. Auch sie wurde mir wie die vorige Art von Hrn. Abbé Prof. D. D u p u y in Auch (Gers) zur Publication gütigst anvertraut.

In der äusseren Form gleicht sie überraschend einer schlanken, kleinen *Cl. saxicola (Parr.)* P., deren stumpfen Wirbel, langsam anwachsende Umgänge, fast cylindrische Schlusswindung, Oberlamelle und Färbung sie besitzt; in dem Auftreten einer langen Principalfalte, einer gespornten Lunelle und einer nur als Knötchen vorn nachweisbaren Subcolumellarlamelle nähert sie sich aber so sehr der Sect. *Delima*, dass man die Art noch mehr als die früher von mir beschriebenen griechischen Formen *Cl. bathyclista Blanc* und *imitatrix*, die man allenfalls als ihre nächsten natürlichen Verwandten betrachten darf, (welche aber schon durch die Form und Lage der Mondfalte stark abweichen) als wichtige Uebergangsform zwischen den Sectionen *Papillifera* und *Delima* auffassen muss.

Kaukasische Mollusken.

Gesammelt von

Herrn Dr. G. Sievers in Tiflis.

Beschrieben von

Dr. O. Boettger in Frankfurt a. M.

(Mit Tafel 10).

Auf meine brieflich an Hrn. Dir. Dr. G. Radde ausgesprochene Bitte, mir zum eingehenden Studium die *Pupa*-Arten des Kaukasus-Gebietes auf kurze Zeit anzuvertrauen, schickte· mir Hr. Dr. G. Sievers in Tiflis in liberalster Weise nicht blos diese, sondern auch die Vertreter der Gattungen *Vitrina* und *Hyalinia* und noch eine Anzahl meist kleiner oder schwieriger zu bestimmenden Schneckenformen seiner Sammlung, die in den nachfolgenden Blättern aufgezählt und zum Theil beschrieben werden sollen. Ich sage meinem verehrten Freunde für diesen Beweis seines Vertrauens und seiner Uneigennützigkeit meinen wärmsten und verbindlichsten Dank. Abgesehen von *P. micula Mouss.*, einer Verwandten der *P. minutissima Hartm.*, die seiner Zeit von Sievers nur in einem Stücke gefunden wurde und jetzt in Mousson's Sammlung liegt, steht mir somit im Augenblick alles zu Gebote, was Dr. Sievers an *Pupa*- und *Hyalinia*-Arten in den Kaukasusländern bislang gesammelt hat.

In dem die schöne und an *Pupa*-Arten überraschend reiche Collektion begleitenden Schreiben bemerkt mein Gewährsmann dazu wörtlich folgendes:

„Nachdem ich nun 9 Jahre lang angestrengt in den Umgebungen von Tiflis gesammelt habe, ist es mir erst dieses Jahr geglückt, die erste und zwar lebende *Pupa* zu finden. Tiflis und seine nächste Umgebung hat bisher über-

haupt nur folgende Species geliefert: *Helix atrolabiata,*
H. ravergiensis, H. globula, H. derbentina, H. pulchella,
Clausilia Duboisi, Pupa signata, Buliminus (Chondrula),
Bayeri, Vitrina (annularis), *Succinea oblonga, Cyclostoma*
costulatum und *Limneus sp.* — im Ganzen also 12 Arten.

In Bezug auf die Fundorte füge ich folgendes bei:
Timotissubani ist ein altes Kloster in einem Seiten-
thal der Kura, 18 Werst von Borshom.
Lailasch ist der grösste Ort des Kreises Letschghum
(Gouv. Koutais).
Krasnowodsk und Koschagerlii liegen am Ost-
ufer des Caspisees.
Mauglis liegt etwa 50 Werst westlich von Tiflis.
Der Tabizhuri-See, südwestlich von Borshom, be-
findet sich in über 6000 Fuss Höhe; die von hier stammen-
den Schnecken wurden in einer Höhe von 7—8000 Fuss
gesammelt.“

Ehe ich an die Aufzählung der vorliegenden Arten gehe,
sei es mir gestattet, die Zahlenverhältnisse der im Genist
der Kura bei Borshom, dann der eines mir unbekannten
Nebenflüsschens der Kura bei Mauglis und endlich der
im Araxes bei Dschulfi vorkommenden Mikromollusken
nach dem vorliegenden Material zu geben:

**Verzeichniss der Species, der Zahl der Stücke und procentale
Häufigkeit der im Kura-Auswurf von Borshom von Dr. Sievers
im Sommer 1875 gesammelten Mollusken (1339 Stück).**

Hyalinia	5	oder 0,4%,
Helix pulchella Müll.	273	„ 20,4%,
„ costata Müll.	11	„ 0,8%,
Pupa (Orcula) doliolum Brug.	4	„ 0,3%,
„ (Pupilla) muscorum L.	162	„ 12,1%,
„ „ interrupta Reinh.	73	„ 5,5%,
„ „ triplicata Stud.	339	„ 25,3%,

Pupa (Isthmia)minutissima Hartm. 140 oder 10,6%,

„	„	costulata Nilss.	5	„	0,4%,
„	„	Strobeli Gredl.	27	„	2,0%,
„	„	clavella Reinh.	2	„	0,2%,
„	(Vertigo) antivertigo Drap.		11	„	0,8%,
„	„	Sieversi n. sp.	1	„	0,1%,
„	„	pygmaea Drap.	225	„	16,8%,
„	„	angustior Jeffr.	29	„	2,2%,
Carychium minimum Müll.			5	„	0,4%,
Cochlicopa (Acicula) . . .			18	„	1,3%,
Succinea oblonga Drap. . .			1	„	0,1%,
Planorbis, Limneus, Pisidium *)			8	„	0,6%.

1339   100,3%.

Verzeichniss der von Dr. Sievers bei Mauglis im Anspülicht gefundenen Arten (422 Stück).

Hyalinia	1	oder	0,2%,
Helix pulchella Müll. . . .	1	„	0,2%,
Pupa (Orcula) doliolum Brug.	66	„	15,6%,
„ (Pupilla) muscorum L.	9	„	2,1%,
„ „ triplicata Stud.	201	„	47,6%,
„ (Isthmia) costulata Nilss.	48	„	11,4%,
„ „ Strobeli Gredl.	82	„	19,4%,
„ (Vertigo) angustior Jeffr.	1	„	0,2%,
„ „ Sieversi n. sp.	13	„	3.1%.

422   99,8%.

---

*) Nach Freund S. Clessin's *Limneus truncatulus* Müll. juv., *Pisidium fossarinum Cless.* (?) juv., *Planorbis* (Gyraulus) vielleicht n. sp. aber kaum ausgewachsen, und *Pl. Sieversi Mouss.* (?) juv. Die genannten Arten sind zu genauerer Bestimmung leider nicht geeignet.

Verzeichniss der von Dr. Sievers bei Dschulfi im Anspülicht des Araxes gesammelten Arten (68 Stück).

Pupa (Orcula) doliolum Brug.   2 oder   2,9%,

„   (Pupilla) muscorum L.   9 „   13,2%,

„   „   interrupta Reinh. 10 „   14,7%,

„   „   triplicata Stud.   11 „   16,2%,

„   „   signata Mouss.   32 „   47,1%,

„   (Vertigo) antivertigo Drap. 4 „   5,9%.

    _____

    68   100,0%.

Beschränken wir die 3 eben gegebenen Tabellen auf die Gattung *Pupa* allein und stellen wir die procentale Häufigkeit der einzelnen Species übersichtlich zusammen, so erhalten wir in Procenten für:

		Kura	Mauglis	Araxes
Pupa	doliolum	0,4	15,7	2,9
„	muscorum	15,9	2,1	13,2
„	interrupta	7,2	—	14,7
„	triplicata	33,3	47,9	16,2
„	signata	—	—	47,1
„	minutissima	13,8	—	—
„	costulata	0,5	11,4	—
„	Strobeli	2,6	19,5	—
„	clavella	0,2	—	—
„	antivertigo	1,1	—	5,9
„	Sieversi	0,1	3,1	—
„	pygmaea	22,1	—	—
„	angustior	2,8	0,2	—
		100,0	99,9	100,9

Gehen wir nun nach dieser für die geographische Verbreitung und die relative Häufigkeit der einzelnen Species nicht uninteressanten Tabelle zur Aufzählung der vorliegenden Formen über.

I. *Vitrina Drap.*

Mit den gleich zu erwähnenden zwei Arten dieser Gattung erhöht sich die Zahl der bis jetzt in den Kaukasusländern beobachteten Vitrinen auf 5

1. Vitrina (*Phenacolimax*) annularis Stud.

(Taf. 10, fig. 3).

Ich kann etwa ein Dutzend aus Tiflis vorliegende, schöne, lebend gesammelte Exemplare trotz ihrer Grösse — alt $4\frac{1}{4}$, lat. $6\frac{1}{4}$, prof. $5\frac{1}{2}$ mm — ihrer rein grünen Färbung und trotz ihres überaus eigenthümlich gefärbten fleischfarbigen Wirbels nicht von Stücken dieser Art aus dem Wallis (leg. A. Mousson, coll. Bttg.) und von Tourbillon bei Sion (Orig. St. von Charpentier's a. d. Mus. Berol., coll. Clessin) trennen. Form und Skulptur sind bei beiden absolut dieselbe.

Von den nahe verwandten, gleich zu beschreibenden *V. Komarowi* entfernt sie sich durch die lebhaft grüne Färbung der Schale, den röthlichen Wirbel, die etwas schneller anwachsenden Umgänge und das schmäler beginnende Embryonalende, von der gleichfalls kaukasischen *V. subconica* Bttg. (Jahrb. 1879, S. 4, Taf. I, fig. 3), welche bräunlich-olivengrün und sehr ausgezeichnet seidenglänzend, ist, durch weit langsamer zunehmende Umgänge und den gänzlichen Mangel einer Kielanlage.

Hr. Dr. G. Sievers sammelte diese interessante Art zuerst im Februar vorigen Jahres bei Tiflis. Sie wird ausserdem noch als in den Pyrenäen, den Alpen, dem Apennin und den Karpathen vorkommend aufgeführt, scheint aber überall nicht zu den häufigen Formen zu gehören. Auch auf Sicilien lebt diese Art.

2. Vitrina (*Phenacolimax*) Komarowi n. sp.

(Taf. 10, fig. 4).

Char. Testa paraffinis *V. annulari* Stud., sed pro altitudine latior, fuliginoso-fusca nec laete virescens, spira magis convexo-conoidea, anfr. $3\frac{1}{4}$ distincte lentius accrescentibus, anfr. embryonali latiore, anfr. ultimo magis descendente; caeterum simillima. — Alt. $3\frac{1}{2}$, lat. $4\frac{3}{4}$, prof. $4\frac{1}{4}$ mm.

Von Kiptschag im Alagez liegen ziemlich zahlreiche Exemplare dieser Vitrine vor, welche in ihrer Totalgestalt so viel Aehnlichkeit mit *V. annularis Stud.* besitzt, dass eine sehr aufmerksame Vergleichung dazu gehört, beide Formen von einander zu unterscheiden. Doch erscheint das Gehäuse im Verhältniss zu seiner Höhe etwas breiter und seine Färbung ist selbst bei ganz frischen Exemplaren stets hell rauchgrau mit einem Stich ins Bräunliche, nie lebhaft grün, wie das Gehäuse der verwandten Art. Das Gewinde erscheint an den Seiten mehr gerundet und nicht so rein kegelförmig als das der typischen *V. annularis*, wie denn auch die Unterseite der Windungen bei *V. Komarowi* mir etwas convexer vorkommt. Von den Umgängen fängt der erste, das Embryonalende, breiter und gröber an, was die Folge hat, dass bei gleich grossen Stücken nur $3\frac{1}{4}$ Windungen gegen $3\frac{1}{2}$ bei *V. annularis* zu zählen sind, und die letzte Windung steigt vorn oben vor der Mündung immer etwas mehr nach abwärts, so dass der vorletzte an dieser Stelle etwas breiter und gerundeter zu sein pflegt als bei der typischen *V. annularis*. Ausserdem aber wachsen die Umgänge deutlich ein wenig langsamer an als bei dieser.

Von der gleichfalls kaukasischen *V. subconica Bttg.* ist diese Form auf den ersten Blick schon durch die stärkere Skulptur mit groben, unregelmässigen Runzelfalten und durch die weit langsamer anwachsenden Umgänge zu unterscheiden.

Ich habe mir erlaubt, die vorliegende Art, die dritte aus dem engeren Kreise der *V. annularis Stud.*, nach dem namentlich für die Entomologie der Kaukasusländer hoch-

verdienten General K o m a r o w, dem Entdecker der wunder-
baren *Hyalinia* (*Conulopolita*) *Raddei Btty.*, zu benennen.

II. *Hyalinia* (*Fér.*) *Ag.*

3. *Hyalinia* (*Polita*) *cellaria Müll.*

(Taf. 10, fig. 8).

Mit dieser allbekannten Art stimmen mehrere Exemplare sehr gut überein, die mir von M a u g l i s, und zwei
Stücke, die mir von B o r s h o m vorliegen. Ohne den Fundort zu kennen, würde man dieselben ohne Frage als aus
nächster Nähe, aus Deutschland stammend, ansehen können.·
Eine auffallend kleine, nur 7 mm breite, anscheinend
aber ausgewachsene Form dieser Art, die sich durch besonders flache Basis und etwas engeren Nabel als gewöhnlich auszeichnet und die ich *var. Sieversi* (Taf. 10, fig. 8)
nennen will, liegt in 3 Exemplaren aus der R a t s c h a vor.
Sie erscheint als das äusserste mir bekannte Extrem einer
Formenreihe, die auch in Thüringen bei Schalkau in sub-
fossilem Zustand angetroffen wurde, an letzterem Ort aber
im Maximum 8 $1/_2$ mm Breite erreicht.

Umgekehrt tritt auch eine weitgenabelte Form, die
ich *var. subaperta* nennen will, auf dem K i p t s c h a g
(Alagez) auf. Die Folge der weiten Nabelung ist hier eine
schmälere, weniger schief oval-mondförmige Mundöffnung;
doch reichen die genannten Merkmale nicht aus, auf das
einzige vorliegende, zudem etwas beschädigte Exemplar hin
eine specifische Trennung vorzunehmen. Die Oberansicht
des Gehäuses stimmt übrigens auch vollkommen mit der
der typischen *Hyal. cellaria Müll.* überein.

4. *Hyalina* (*Polita*) *Hammonis Ström.*

Ich möchte ein mir vorliegendes Stück einer kleineren,
stark gestreiften *Hyalinia*-Art von M a u g l i s lieber zu
dieser Species als zu der verwandten *Hyal. petronella* (*Charp.*)
P. ziehen, zu der es wegen des flacheren Wirbels und des

stärker erweiterten letzten Umgangs ohne Frage weniger
gut passt, als zu der in der Ueberschrift genannten, weitverbreiteten, wenn auch noch nicht aus dem Kaukasus bekannt gewesenen Art.

5. *Hyalinia (Polita) petronella (Charp.) P.*
und forma *jaccetanica Bgt.*

Mousson's Hyal. petronella var. subnitidosa von T a b i z-
h u r i ist nach zwei Originalstücken aus der S i e v e r s'-
schen Sammlung vollkommen identisch mit der in der
Ueberschrift genannten, wiederholt von mir mit authen-
tischen Stücken von *Hyal. petronella Chpr.* verglichenen
Farbenvarietät. Ich kenne dieselbe Form jetzt auch aus
Türkisch-Armenien. Die typische Art liegt mir dagegen in
zahlreichen, todt gesammelten Stücken von M a m u t l i vor,
die sich von den früher von dieser Lokalität von mir unter-
suchten und von den schwedischen Stücken nur dadurch
unterscheiden lassen, dass sie durch Verwitterung etwas an
ihrer scharfen Streifung eingebüsst zu haben scheinen.

6. *Hyalinia (Vitrea) contortula Kryn.*

Sowohl typische Stücke, als auch eine etwas flachere
Form mit etwas stärkerer Ausbildung der Oberkante, die
ich aber nicht von der Hauptart specifisch trennen möchte,
liegen von B o r s h o m und von L a i l a s c h vor. Auf letzteren Fundort dürfte die Varietät mit Ausschluss der typischen Form beschränkt sein ; leider lagen die 9 vorhandenen
Stücke in einem gemeinsamen Gläschen mit gemeinschaft-
licher Etiquette, so dass sich über dieses Verhältniss leider
nichts mehr mit Sicherheit sagen lässt.

7. *Hyalinia (Vitrea) subeffusa Boettg.*
= *H. effusa Boettger* in Jahrb. 1879, S. 11, Taf. I, fig. 4,
non *effusa Pfeiffer.*

Da diese merkwürdige Art jetzt in mehreren vollstän-
digen Stücken vorliegt, die einige Eigenthümlichkeiten der

ausgewachsenen Schale besser zeigen, als die Exemplare,
die mir früher von Mamutli zu Gebote standen, erlaube ich
mir zu der o. cit. Diagnose noch folgende Zusätze zu
machen:

Char. Perist. margine basali tenuiter reflexo, supero
superne curvatim recedente. — Alt. $1\frac{2}{3}$, lat. $3\frac{1}{2}$.
prof. 3 mm.

Der Name musste umgeändert werden, da bereits eine
von Pfeiffer 1866 von Haiti beschriebene *Helix effusa*
(Malak. Bl., Bnd. 13, S. 78), die von neueren Autoren
vielfach als *Hyalinia* betrachtet wird, existirt.

Ein halbes Dutzend der vorliegenden Exemplare stammt
von Mauglis, eins von Borshom.

8. *Hyalinia (Vitrea) sp.*

Aus der Verwandtschaft der *Hyal. crystallina Müll.* liegt
ein junges Stück von 3 Umgängen vor, das durch seine
weisse Farbe an subfossile Exemplare der genannten Art
erinnert, aber durch feine Nabelperforation und etwas
schneller anwachsende Umgänge sicher specifisch von dieser
Art verschieden ist. Das Stück stammt aus dem Auspülicht
der Kura bei Borshom, ist aber zur genaueren Beschreibung leider nicht genügend erhalten.

9. *Hyalinia (Mesomphix) Kutaisiana Mousson.*

Von dieser grossen von Mousson, Coq. Schläfli II,
S. 33 (unter Zonites cypricus var.) und Journ. Conch.,
Bnd. 21, 1873, S. 195 und von Pfeiffer, Mon. Hel.,
Bnd. VII, S. 159 aufgezählten, durch den Mangel einer
Spiralskulptur vor den anderen grossen Hyalinien Trans-
kaukasiens ausgezeichneten Art liegen mehrere Exemplare
aus Borshom vor.

10. *Hyalinia (Mesomphix) Duboisi Chpr.*

Ich rechne zu dieser Art (vergl. Iconogr., Bnd. VI,
S. 25, fig. 1593) zwei nicht ausgewachsene Stücke, eins

von M a u g l i s, das andere von T i m o t i s s u b a n i, welche
sehr gut mit der von M o u s s o n gegebenen Charakteristik
und der von K o b e l t gefertigten oben erwähnten Zeichnung
übereinstimmen und die sich von der vorigen Art durch
mehr conisch- und nicht gerundet-conisch niedergedrücktes
Gewinde, flachere Nähte, schneller zunehmende Umgänge,
weit engeren Nabel und namentlich durch das Auftreten
zahlreicher, fast mikroskopischer Spirallinien auf der Oberseite der Schale unterscheiden. Die vorliegenden Exemplare zeigen erst 4 resp. 5 Umgänge. Typische Stücke der
Hyal. Duboisi Chpr. konnte ich mir leider zum Vergleiche
nicht verschaffen.

III. *Patula Held.*

11. *Patula pygmaea Drap. sp.*

Nur 2 mit Evidenz zu dieser im Kaukasus seltenen Art
gehörige Stücke wurden im K u r a - Genist von B o r s h o m
gefunden, von wo sie auch v. M a r t e n s bereits aufführt.

IV. *Helix L.*

12. *Helix (Vallonia) costata Müll.*

Stücke dieser Art liegen vor von L e n k o r a n, hier ein
Stück auf Pterocarya gesammelt; von A c h a l k a l i k i, hier,
wie es scheint, ohne *H. pulchella Müll.* auftretend, und aus
dem K u r a-Genist bei B o r s h o m, hier selten.

13. *Helix (Vallonia) pulchella Müll.*

Sehr häufig im K u r a-Genist bei B o r s h o m; nur ein
Exemplar bei M a u g l i s. Für diese und die vorige Art gilt
das schon bei früherer Gelegenheit (dies. Jahrb. 1879, S. 13)
von mir Gesagte.

V. *Cochlicopa (Fér.) Risso.*

14. *Cochlicopa (Hohenwartiana) Raddei Bttg.*

Selten in den Anschwemmungen der K u r a bei B o r s-
h o m, 15 Exemplare. Dieselben stimmen vollkommen mit

meinen Originalstücken von Mamutli überein und variiren
nur etwas in der Dicke des Wirbels und in dem grösseren
oder geringeren Breitendurchmesser.

15. Cochlicopa (*Acicula*) *acicula* Müll. *var.*
(Taf. 10, fig. 9 u. 10).

Es liegen 2 Stücke einer kleineren und 1 Stück einer
grösseren Form aus den Anschwemmungen der Kura bei
Borshom vor, die mir beide, aber nach verschiedenen
Richtungen, nur Extreme dieser formenreichen und weitverbreiteten Species zu sein scheinen.

Das grössere vorliegende Exemplar (Taf. 10, fig. 9) entspricht durchaus der *var. Liesvillei Bourguignat* (Rev. et
Mag. Zool. 1856, S. 385 und Amén. malac. I, S. 217,
Taf. 18, fig. 6—8; Pfeiffer, Mon. Hel., Bnd. IV, S. 624),
deren Vorkommen bis jetzt seltsamerweise nur in Frankreich, in Schweden und in Palästina constatirt worden ist.
Die kaukasische Form unterscheidet sich wie die typische
var. Liesvillei von der Stammart durch eine obsolete Parietalfalte in der Mitte der Basis des letzten Umgangs und durch
die weniger gekrümmte, unten nur sehr schief und schwach
abgestutzte Spindel. Sie misst alt. $5\frac{1}{4}$, lat. $1\frac{5}{8}$ mm.

Die andere vorliegende Varietät (Taf. 10, fig. 10) dürfte
von den beschriebenen Varietäten von *C. acicula* der mir
unbekannten *var. anglica Bourgt.* (Rev. et Mag. Zool., a.
a. O., S. 384 und Amén. a. a. O., S. 216, Taf. 18, fig. 4
u. 5; Pfeiffer, Mon. Hel., Bnd. IV, S. 624) noch am
nächsten stehen, unterscheidet sich aber von ihr schon
durch die weit geringere Grösse. Die Kaukasusform ist bei
5 Umgängen von der typischen *C. acicula* lediglich nur
durch relativ etwas breitere und deutlich mehr gewölbte
Windungen unterschieden, so dass ihre Mündung breiter
oblong als bei dieser erscheint. Sie misst alt. $3\frac{1}{2}$, lat.
$1\frac{1}{8}$ mm. Ich will sie vorläufig *var. nodosaria* nennen.

VI. *Pupa Drap.*

16. *Pupa (Torquilla) granum Drap.*

Es liegen 3 Stücke dieser Art von Krasnowodsk
und von Koschagerlii vor, die man als typisch betrachten könnte, so vollständig gleichen sie sicilianischen und
griechischen Stücken dieser Species, mit denen ich sie vergleichen konnte.

17. *Pupa (Pupilla) muscorum L.* typ. und
var. caucasica m. (= triplicata var. inops. Reinhardt).

Die zahlreichen mir vorliegenden Stücke dieser Art aus
Kura-Auswurf von Borshom sind im Allgemeinen etwas
kleiner als die deutschen Stücke der *P. muscorum*, zeigen
auch sehr constant einen schwachen Columellarzahn, sind
im Uebrigen aber so wenig von der typischen Art unterschieden, dass ich eine Trennung von derselben als Art
nicht befürworten kann. Doch. will ich sie als *var. caucasica*
von der typischen Form unterscheiden. Einen schwachen
Columellarzahn kenne ich auch bei ächten *muscorum*-Formen
der Gegend von Marseille. Der Palatalzahn scheint dagegen
bei der kaukasischen *P. muscorum* in weitaus den meisten
Fällen gänzlich zu fehlen. Neben dieser *var. caucasica*,
kommt auch noch eine zweite kleinere, nur 2 1/2 mm lange,
gleichfalls mit Parietal- und Columellarzahn ausgerüstete
Form selten im Kura-Genist bei Borshom vor. Die
var. caucasica fehlt endlich den Anschwemmungen des
Araxes und denen von Mauglis nicht und tritt auch
in der Umgebung von Mamutli auf; das Columellar-
zähnchen scheint hier überall fast noch deutlicher aufzu-
treten als der oft obsolete Parietalzahn. Alle diese Formen
mit Spindelzahn scheint Reinhardt (Jahrb. Bd. IV, 1877,
S. 79, Taf. 3, fig. 3) zu seiner *var. inops* von *triplicata*
Stud. zu ziehen, was mir entschieden gezwungener vorkommt
als meine Auffassung, dass die in Rede stehenden Formen

nach Schalengestalt, Grösse und Skulptur besser zu *P. muscorum* passen.

Die von Prof. M o u s s o n für Varietät seiner *P. signata* gehaltene, interessante *Pupa*-Form von Tabizhuri, die äusserlich einer kleinen *P. muscorum L.* sehr nahe kommt, rechne ich dagegen der constanten und kräftigen 3 Mondfalten wegen ohne Bedenken zu *P. triplicata Stud.*, welche ich in ganz analogen Formen gleichfalls von Marseille kenne, wo sie mit der oben erwähnten *P. muscorum* mit obsoletem Spindelzahn zusammen, also ganz analog wie im Kaukasus und in Hocharmenien, vorkommt.

18. *Pupa (Pupilla) triplicata Stud.*
= *signata var. parvula* Mousson, Journ. Conch., Bnd. 24, 1876, S. 143.

Eine durch beträchtliche Grösse — $2^{1}/_{2}$ — 3 mm und bauchige Gestalt ausgezeichnete Form, die constant nur 3 Zähnchen aufzuweisen hat und die von M o u s s o n als *signata var. parvula* beschrieben wurde, liegt in zahlreichen Exemparen von T a b i z h u r i vor. Im A r a x e s - Auswurf kommt, neben einer merklich mehr cylindrischen Form als die vorige mit 3 Zähnen, auch die vierzähnige Varietät *luxurians Reinh.* (Jahrb. Bd. IV, 1877, S. 79, Taf. 3, fig. 2) vor. Die bei B o r s h o m lebend gesammelten und die im K u r a - Auswurf daselbst massenhaft vorkommenden Stücke gehören grösstentheils zur typischen Form; einzelne besitzen aber die zwei Palatalen der *var. luxurians Reinh.* oder die kleine, gedrungene, kurz ovale Gestalt der *var. suboviformis Bttg.*, die ich zuerst von Mamutli (vergl. Jahrb. 1879, S. 26) nachwies. Die bei M a u g l i s überaus häufig vorkommenden Stücke gehören d u r c h w e g der *var. luxurians Reinh.* an. Die Form von A c h a l k a l a k i endlich — von S c h n e i d e r in Isis, Dresden 1879, S. A., S. 16 als Uebergangsform von *triplicata Stud.* zur *var. inops Reinh.* erwähnt — ist etwas

eigenartig; die Schale erscheint dünn und fein, der Quer-
kiel vor der Mündung schwach, die 3 Zähnchen scharf, aber
auffallend klein; im Uebrigen ist aber die Art trotzdem
nicht zu verkennen.

Nach alledem erscheint *P. triplicata Stud.* in den Kaukasusländern ungemein variabel, und es bedarf der Aufmerksamkeit und der Uebung, einmal, um die grösseren
Formen von den ähnlichen Formen der *P. muscorum*, dann
aber auch, um dieselben von kleineren Stücken der *P. interrupta Reinh.* mit Sicherheit zu unterscheiden. Nichtsdestoweniger glaube ich die letztere ohne Schwierigkeit, die
erstere wenigstens in den bei weitem meisten Fällen vollkommen glatt von einander getrennt zu haben, was bei
anderthalb Tausend Exemplaren immerhin als Beweis ihrer
Artconstanz gelten darf.

19. *Pupa (Pupilla) signata Mouss.*
= *P. cristata v. Martens,* Moll. Turkest. 1874, S. 23,
Taf. 2, fig. 19.

Vor mir liegen die typischen Stücke dieser Art mit
Mousson's Bestimmung aus den Alluvionen des Araxes
und dessen *var. cylindrica* von Krasnowodsk; ausserdem
aber noch zahlreiche Exemplare dieser Species von Koschagerlii und ein lebend bei Tiflis gesammeltes Stück.

Von der Mousson'schen Beschreibung (Journ. Conch.
Bnd. 21, 1873, S. 211, Taf. 8, fig. 7; ebenda, Bnd. 24,
1876, S. 39 = var. cylindrica und S. 143) unterscheiden
sich sämmtliche mir vorliegende zahlreiche Stücke durch
deutlichen, wenn auch meist schwach entwickelten Columellarzahn und durch 2 Palatalzähne, von denen der obere
allerdings meist so weit zurücksteht, dass er nur aussen als
weisser, durchscheinender Flecken zu erkennen ist. Trotzdem scheint mir Mousson's Beschreibung im Uebrigen
deutlich genug, um die Species erkennen und den v. Mar-

tens'schen Namen entbehrlich werden zu lassen, dessen
P. cristata, wie ich mich an einem von Hrn. Dr. O. Reinhardt erhaltenen Originalexemplar überzeugen konnte,
als absolut identisch mit der Mousson'schen Species zu
bezeichnen ist.

Da Mousson's *var. cylindrica* von Krasnowodsk,
die mir gleichfalls in Originalstücken aus Sievers' Hand
vorliegt, alle Uebergänge zu der typischen *P. signata* bietet
und auch die Walzenform derselben nicht wesentlich grösser
ist als bei den von anderen Fundorten mir vorliegenden
Exemplaren, möchte ich vorschlagen, diesen Varietätsnamen
ganz zu unterdrücken. Mousson's Varietät *parvula* dagegen ist, wie zuerst Reinhardt im Jahrb., Bnd. IV.
1877, S. 78 schlagend auseinandergesetzt hat, weiter nichts
als eine Form von *P. triplicata Stud.*, der der Name *luxurians
Reinh.* verbleiben kann.

Das mir vorliegende Material stammt aus dem Auswurf
des Araxes — hier zahlreich, mit 8 Umgängen, Columellarzahn weniger deutlich, oberer Gaumenzahn etwas
tiefer gestellt und deswegen, von vorn gesehen, meist weniger
deutlich zu sehen als der untere; der Durchmesser des Gehäuses ist wie bei *P. doliolum Brug.* oben meist etwas
grösser als unten —, von Koschagerlii — hier gleichfalls zahlreich, beide Gaumenzähne und der Spindelzahn
besonders deutlich —, von Tiflis — nur ein lebend gesammeltes Stück als einzige bis jetzt daselbst von Dr. Sievers
gefundene *Pupa*-Art — und von Krasnowodsk — obere
Gaumenfalte meist nur punktförmig, Columellarfalte sehr
deutlich, analog wie bei der Form von Tiflis.

Die v. Martens'schen Stücke seiner *P. cristata* stammen
aus dem Sarafschanthal, aus der Umgebung von Marancandam und von anderen Orten in Turkestan (leg. Fedschenko).

20. *Pupa (Pupilla) interrupta Reinh.*

Diese der vorigen Art zwar nahestehende, aber ohne
Uebergänge zu bilden, neben ihr vorkommende, von Reinhardt (Jahrb. Bd. IV, 1877, S. 79, Taf. 3, fig. 4) sehr
gut charakterisirte und vortrefflich abgebildete Species liegt
mir in zahlreichen lebend gesammelten Exemplaren von
Borshom und aus dem Kura-Auswurf von Borshom,
sowie aus dem Anspülicht des Araxes vor, an letzterem
Orte untermischt mit *P. signata Mouss.* vorkommend.

21. *Pupa (Charadrobia) caspia P.*

Ehe ich zur Charakterisung dieser Art übergehe, sei
es mir gestattet, auf ein Versehen aufmerksam zu machen,
das mir durch Aufstellung der Sect. Reinhardtia (Jahrb.
1879, S. 29) passirt ist. Ich hatte gänzlich übersehen, dass
meine neue Untergattung in den meisten Charakteren mit
Charadrobia Alb. so bedenklich collidirt, dass eine Trennung
der europäischen Arten dieser Gruppe von den atlantischen
nicht wohl aufrecht zu erhalten ist. Immerhin mag aber
der einmal gewählte Name als *subsect. Reinhardtia* für die
engere Gruppe der *P. cylindracea D. Costa* bestehen bleiben,
die sich durch die einzige und noch dazu meist wenig entwickelte Parietalfalte von den übrigen Arten der Section
sehr natürlich abtrennt.

P. caspia P., die mir von Lenkoran in 7 auf Pterocarya lebend gesammelten Exemplaren vorliegt, steht einer
kleinen, sehr schlanken *P. Sempronii Charp.* nahe, hat aber
weit kräftigere, auch hinten noch hohe, durchlaufende
Parietallamelle, weniger aufgeblasene Windungen und einen
weniger hohen letzten Umgang, infolge dessen aber eine
fast rein oblonge Totalgestalt.

Die Species dürfte nach diesem Befund als gute Art zu
betrachten sein.

22. *Pupa (Charadrobia) superstructa Mouss.*

Die normale Form liegt in 3 Stücken von Timotissubani, in einem Dutzend Exemplaren von Lailasch vor;
bei dem einzigen von Borshom bekannten Stücke ist die
Mündung etwas kleiner und relativ breiter als gewöhnlich,
auch die Grösse etwas geringer.

23. *Pupa (Orcula) doliolum Brug.*

Die Form *bifilaris Mousson* ist, wie ich schon früher
auseinandergesetzt habe (Jahrb. 1879, S. 31) und wie auch
Dr. Reinhardt und Dr. O. Schneider annehmen, nicht
von der altbekannten *P. doliolum Brug.* zu trennen. Von
den vorliegenden Stücken haben die 4 Exemplare von
Goktschaiweud eine deutliche und häufig eine undeut-
liche obere Columellarfalte, die 16 Stücke von Tars-tschai
(Akstafa) gewöhnlich eine, seltener zwei Columellaren.
Langgestreckte, rein cylindrische Formen mit nur einer
Columellarfalte sind die 2 Stücke aus dem Anspülicht des
Araxes bei Dschulfi. Die zahlreichen Exemplare von
Mauglis zeigen eine, sehr selten zwei Columellaren, die
4 Stücke aus dem Kura-Auswurf bei Borshom dagegen
besitzen zwei deutliche Columellarfalten.

24. *Pupa (Orcula) trifilaris Mouss.*

Eine sehr interessante *Doliolum*-Form, die mir durch
die Skulptur sehr ausgezeichnet scheint. Auf jedem der weitläufig gestellten, erhöhten Anwachsrippchen steht nämlich
bei unabgeriebenen Exemplaren in dem oberen Drittel
des Rippchens je ein langes abstehendes Borstenhaar, so
dass der Haarkranz der Naht und nicht wie bei *P. doliolum*
dem unteren Theil der Windung genähert erscheint. Dieser
Charakter und die 3 einander sehr nahe gerückten, hochgestellten Columellarfalten, deren zwei untere näher bei-
sammen stehen als die obere, lassen die Art als eine recht
wohl begründete erkennen.

Es liegen 4 Exemplare derselben von Lailasch
(Letschghum) vor.

25. *Pupa* (*Isthmia*) *clavella Reinh.*

Diese nur in 2 Stücken aus dem Anspülicht der Kura
bei Borshom vorliegende Species halte auch ich für gute
Art. Ihr Palatalzahn ist entschieden etwas weniger tief
eingesenkt als der der nahe verwandten *P. claustralis Gredl.*
Auch ist nach dem Originalexemplar, das ich durch Reinhardt's Güte vergleichen konnte, die Costulation in der
That etwas stärker (die vorliegenden Sievers'schen Stücke
sind etwas abgerieben); doch kann ich in der Gehäuseform,
was Reinhardt besonders betont (Jahrb. Bd. IV, 1877,
S. 82), keinen wesentlichen Unterschied zwischen den beiden
genannten Arten finden.

26. *Pupa* (*Isthmia*) *Strobeli Gredl.*

Wie O. Reinhardt richtig bemerkt hat, ist diese Art
in nichts von der mir von zahlreichen Fundorten in Alge-
rien, Frankreich, der Schweiz, Tirol, ganz Italien und Sicilien vorliegenden weitverbreiteten Species unterschieden. .
Sie findet sich in den Kaukasusländern in mässiger Zahl in
den Anschwemmungen der Kura bei Borshom und
ausserdem bei Mauglis, wo sie in lebenden Exemplaren
gesammelt wurde. Von Tabizhuri liegen nur 2, aber
sicher zu dieser Species gehörige Stücke vor. Die Form
von Mauglis ist durchgehends etwas kleiner und schmäler
— alt. 1 $^3/_4$, lat. $^2/_3$ mm — als die typischen Stücke aus
dem Etschthal, doch kenne ich ähnliche Grössenschwankungen
auch von einigen italienischen Fundorten.

27. *Pupa* (*Isthmia*) *costulata Nilsson.*

Diese im Kaukasus gewiss unerwartete Art fand ich
ziemlich häufig bei Mauglis und Mamutli, viel seltner
— in 5 Exemplaren — in dem Genist der Kura bei

26*

Borshom in einer so wenig von unseren nordeuropäischen
Stücken unterschiedenen Form, dass weder ich noch Reinhardt, dem ich von der kaukasischen Art mittheilte, irgend
welchen Unterschied zwischen beiden Formen auffinden
konnten.

28. Pupa (Isthmia) minutissima Hartm.

Wie schon Reinhardt erwähnt hat, ist dies die häu-
figste der im Genist der Kura bei Borshom auftretenden
Isthmia-Arten. Die oft helle Farbe des Gehäuses ist weiter
nichts als Verwitterungserscheinung. Ausser dem oben genannten Fundort kenne ich keine zweite Stelle in den
Kaukasusländern, wo die Art sonst noch mit Sicherheit
gefunden worden wäre.

29. Pupa (Vertigo) antivertigo Drap.

?= sinuata Mousson, Journ. Conch., Bd. 21, 1873, S. 213,
Taf. 8, fig. 10 u. Bd. 24, 1876, S. 40; Pfeiffer, Mon.
Hel., Bd. VIII, S. 405.

Diese in Transkaukasien seltene Art liegt nur in 4
Exemplaren (mit sinuata Mouss. von Sievers' Hand und
einer Nummer von Mousson's Hand versehen) aus
Araxes- und in 11 Stücken aus Kura-Auswurf von
Borshom vor, die ich in nichts als vielleicht in der mitunter etwas bedeutenderen Grösse von ihren mitteleuropäischen Vettern zu unterscheiden wüsste. Sie misst alt.
2—2¼ mm.

Nach Sievers' Etiquette ist diese Species, wie gesagt,
identisch mit P. sinuata Mouss., doch stimmt mit dieser
Ansicht wenig die ganz auffallend geringe von Mousson
angegebene Grösse — alt. 0,9, lat. 0,6 mm —, die sich
aber möglicherweise durch ein Versehen beim Ablesen von
Linien statt Millimetern auf dem Maassstab erklären lässt.
Sonst stimmt die Diagnose auffallend gut mit den mir vorliegenden Exemplaren.

30. *Pupa (Vertigo) Sieversi n. sp.*
= *pygmaea var. nitidula Mousson*, Journ. Conch., Bd. 24,
1876, S. 143.

(Taf. 10, fig. 6 u. 7).

Typus (fig. 6). Char. Proxime affinis *P. substriatae
Jeffr.*, sed ovato-turrita nec breviter ovata, sculptura
leviore. T. parva, ovato-turrita, nitidula, subsericina,
corneo-olivacea; apex obtusus. Anfr. 5 convexi, subtilissime sed distincte striati, ultimus $\frac{1}{3}$ altitudinis
haud attingens, antice callo annulari lato sed parum
valido aut fulvido aut albescente cinctus, extus non
aut vix impressus. Apert. truncato-ovata, 6-dentata;
palatalibus 2 pliciformibus, columellaribus 2 subae-
qualibus, parietalibus **2**, interiore majore. Perist. ex-
pansiusculum, pallidum, crassiusculum, sublabiatum,
marginibus callo tenui junctis, margine exteriore
media parte parum producto, vix impresso. — Alt.
$1\,^7/_8 - 2\,^1/_8$, lat. 1 mm. (10 Exple)

var. punctulum m. (fig. 7). Minor, magis ovata. — Alt.
$1\,^5/_8$, lat. $^7/_8$ mm (12 Exple.).

Diese in der Schalenform und Bezahnung einigermaassen
an *P. pygmaea Drap.* erinnernde und von Moussou, wie
mir scheint, mit ihr confundirte, aber constant mehr ver-
längert-thurmförmige, durch Streifung und Stellung der
Parietalzähne sich als nächste Verwandte der *P. substriata
Jeffr.* darstellende Art, zu der sie aber in der Gehäuseform
niemals Uebergänge bildet und deren kräftiger Querkiel
mitsammt der ihn querenden Längsfurche bei unserer Art
kaum angedeutet sind, fand Hr. Dr. Sievers, dem zu
Ehren ich die schöne und leicht kenntliche Species mir zu
benennen erlaube, in der typischen Form bei Tabizhuri,
in der Varietät punctum bei Manglis. In einem einzigen Stücke fand sich die letztere auch in den Anschwemmungen der Kura bei Borshom.

Aus der Mousson'schen Diagnose (Journ. Conch.,
Bd. 24, 1876, S. 143 und Pfeiffer, Mon. Hel., Bd. VIII,
S. 405) für seine *pygmaea var. nitidula* „Minor — alt. 1,5,
lat. 0,9 mm —, fusca, nitida, basi non compressa, dentibus
minutis 2 palatalibus non productis, extus perspicuis, columellari unico, parvulo. — Tabizhuri Transcaucasiae" lässt
sich die vorliegende Art nicht wohl mit Sicherheit erkennen;
da aber von diesem Fundort keine andere verwandte Species
vorliegt, kann Mousson wohl nur diese, von Sievers
mir wie ihm allein eingeschickte Art gemeint haben.

31. *Pupa (Vertigo) pygmaea Drap.*

Diese Art kommt in den Kaukasusländern wie bei uns
in 4- und 5zähniger Ausbildung vor und zeigte sich namentlich in dem Anspülicht der Kura bei Borshom häufig.
Die 'Stücke von Mamutli unterscheiden sich von ihnen
nur dadurch, dass sie constant eine etwas geringere Grösse
— alt. $1\frac{2}{3} - 1\frac{3}{4}$ mm — zeigen.

32. *Pupa (Vertigo) angustior Jeffr.*

Im Auswurf der Kura bei Borshom nicht sehr selten;
bei Mauglis nur ein Stück. Ununterscheidbar von unseren
mitteleuropäischen Formen dieser verbreiteten Art.

Von *P. (Vertigo) pusilla Müll.* habe ich in neuerer Zeit
gleichfalls Stücke erhalten, die aus dem Kaukasus stammen
sollen. Leider war dabei der nähere Fundort nicht angegeben.

VII. *Clausilia Drap.*

33. *Clausilia (Phaedusa) perlucens Bttg.*

Das vorliegende Stück wurde von Hrn. Christoph in
Nordpersien gesammelt; hierdurch schwinden alle Zweifel
an dem Vorkommen einer wirklichen Phaedusa-Art in
den südlichen Kaukasusländern.

Von den typischen Exemplaren dieser Species in der
Sammlung des Hrn. Dr. W. Kobelt abweichend nur durch

stärkere, kräftiger und namentlich an der Naht deutlicher
gestreifte, olivengrünliche, hie und da graulich geflammte
Schale. Der Mundsaum ist mit deutlicher, breiterer, weisslicher Lippe versehen. — Alt. 13, lat. 3¼ mm (1. Expl.).

34. Clausilia (Euxina) litotes A. Schm.
= fusorium Mouss., Journ. Conch. Bd. 24, 1876, S. 41,
Taf. 2, fig. 8.

In 6 als typisch zu betrachtenden Stücken von Ssori
im Rionthal, in 5 normalen, nur etwas stärker als gewöhnlich costulirten Exemplaren von Mauglis und in weiteren
5 Stücken von Timotissubani vorliegend, die etwas
kleiner und bauchiger erscheinen als die mir vorliegende
Form vom Suram, aber doch noch grösser sind als die
Exemplare aus Ossetien.

35. Clausilia (Euxina) Lederi Bttg.

Als zweiten Fundort neben dem Suram kann ich für
diese Art jetzt Lailasch (Letschghum) anführen, von wo
ein von Sievers gesammeltes Stück vorliegt. Es weicht
von der typischen Form durch weniger bauchige Totalgestalt, hellere, mehr horngelbliche Färbung, relativ kleinere
Mündung und durch 2 obsolete Fältchen auf dem Interlamellar ab, ist aber im Uebrigen vollkommen identisch.

36. Clausilia (Euxina) gradata n. sp.
(Taf. 10, fig. 5).

Char. Testa fere intermedia inter Cl. Lederi Bttg. et
quadriplicatam A. Schm., sed ambabus minor, periomphalo pro magnitudine minore, corneo-olivaceo-fuscos-
cens, ad suturam distincte et submaculatim strigillata;
spira semper concave-producta; apice obtusiusculo,
mamillato. Aufr. 10½—11 semper convexiusculi,
sutura subcrenulata, saepe filo parum distincto tenuissimo marginata disjuncti, costulato-striati, costulis ad

suturam subundulatis, ultimus minus valide compresso-
cristatus sulcatusque. Apert. aut ovalis aut late piriformis, sinulo minus erecto, subrotundo; perist. parum
expansum. Lamellae ut in *Cl. quadriplicata*, sed rami
lamellae inferae bifurcatae acutissimi, cultriformes,
antice in peristomate in pliculam horizontalem parum
validam desinentes. Principalis distincta sed profunda,
vix conspicua et palatales verae **4** ventro-laterales,
profundissimae, 'mediocres, aequidistantes, n o n con-
spicuae. — Alt. 14—15, lat. 4; alt. apert. $3\frac{1}{4}-3\frac{1}{2}$,
lat. apert. $2\frac{1}{2}-2\frac{3}{4}$ (10 Exple.).

Diese Art wurde bei Timotissubani, einem alten
Kloster in einem Seitenthal der Kura, 18 Werst von
Borshom, von Hrn. Dr. G. Sievers entdeckt und als neu
erkannt.

Sie schliesst sich innerhalb meiner Sect. *Euxina* innig
der kleinen Gruppe der *Cl. quadriplicata A. Schm.* und
Cl. Lederi Bttg. an, unterscheidet sich aber von ersterer
leicht dadurch, dass von den ächten Gaumenfalten vorn
keine in der Mündung sichtbar wird, von der letzteren
durch die Form der mehr gerundeten und weniger feigen-
förmigen Mündung, durch die weit weniger entwickelte
Horizontalfalte, in welche die Unterlamelle bei *Cl. Lederi*
auf dem Peristom ausläuft und durch die 4 (statt wie bei
Cl. Lederi 3) wahren Gaumenfalten unter der Principale.

Ein von mir aufgebrochenes Stück zeigt eine weit von der
Oberlamelle getrennte, tief gelegene Spiralis, die nach hinten
allmälig höher wird und den inneren Ausläufer der Unterlamelle weit überschreitet. Die inneren Aeste der Unterlamelle ziehen in parallelen Bögen bis tief ins Gehäuse;
die Subcolumellarlamelle ist nicht stärker entwickelt als
eine der Palatalen und hört vorn, im Bogen nach unten
herablaufend, schon tief im Innern der Mündung auf, so
dass sie, in schiefer Richtung gesehen, kaum noch in der

Mundöffnung zu erkennen ist. Das kurze, breite, unten etwas zugespitzte Clausilium steht genau lateral über dem Nabelritz.

37. *Clausilia (Euxina) somchetica P.*

Es liegt nur ein etwas dunkel gefärbtes, im Uebrigen aber in Nichts von der Stammform dieser Art abweichendes Stück von Manglis vor.

38. *Clausilia (Euxina) tschetschenica P.*

Auch von dieser Art liegen typische Stücke vor, die zu keiner Bemerkung Veraulassung bieten. 2 derselben stammen von Kasikoparau, 7 von Manglis.

39. *Clausilia (Oligoptychia) griseo-fusca Mouss.*

Vor mir liegt ein Originalstück dieser sehr distinctiven und schönen Art von Tabizhuri. Zur Mousson'schen Diagnose in Journ. Conch. Bd. 24, 1876, S. 145, Taf. 5 fig. 3 und Pfeiffer, Mon. Hel., Bd. VIII, S. 489 erlaube ich mir noch folgende Zusätze zu machen:

„Apert. quartam circiter partem altitudinis aequans; lamella supera a spirali ut videtur deficiente evidenter disjuncta; infera parum valida, valde recedens, intus bifurcata. Lam. parallela nulla. Lunella distincta, dorsalis, suturam attingens, inferne cum subcolumellari valde recedente solumque extus perspicua angulatim conjuncta, superne pliculis 3 distincte perspicuis aequidistantibus brevissimis (2 suturalibus et 1 principali) decussata. Perist. tenue, parum reflexum, elabiatum. — Alt. 17, lat. 4; alt. apert. 4, lat. apert. fere 3 mm (1 Expl.).“

Diese Art ist demnach nicht, wie Mousson gethan hat, mit *Claus. litotes A. Schm.* (= fusorium Mouss.) zu vergleichen, sondern gehört evident zum Formenkreise der *Cl. laevicollis Parr.*, in welcher Gruppe sie eine der am

weitesten nach Norden vorkommenden Species zu sein
scheint. Sie unterscheidet sich von allen bekannten Arten
dieses Formenkreises durch die kräftige Streifung und die
weisse Strichelung, welche dieselbe einer *Peristoma* ähnlicher erscheinen lässt als einer *Oligoptychia.* Immerhin
dürfte sie aber der *Cl. brunnea Z.*, die mir leider noch
unbekannt ist, der Diagnose und Abbildung nach noch am
ähnlichsten sein.

VIII. *Carychium Müll.*

40. *Carychium minimum Müll.*

Ich fand nur 5 Stücke dieser Art in dem Anspülicht
der Kura bei Borshom, die sich noch etwas kleiner
und bauchiger zeigen als die früher von mir aus Mamutli
(Jahrb. 1879, S. 40) erwähnten Exemplare.

IX. *Pisidium C. Pf.*

41. *Pisidium ? fossarinum Cless.*

Zu dieser in ganz Mitteleuropa verbreiteten Art scheinen
mir eine Doppelschale aus dem Anspülicht der Kura bei
Borshom, das auch Hr. S. Clessin, dem ich dasselbe
einschickte, so bestimmte und ein einzelnes Schälchen von
Achalkalaki zu gehören. Doch stehen die Seitenzähne
bei der kaukasischen Art etwas mehr dem Wirbel genähert
und der vordere Seitenzahn ist etwas schwächer entwickelt
als bei gleichgrossen von Clessin bestimmten Stücken
dieser Art, die ich subfossil am Laacher See sammelte.
v. Martens und O. Schneider erwähnen ein *Pis. cine-
reum Ald.* von Achalkalaki als häufig, das als ein
Synonym von *Pis. cazertanum Poli* gleichfalls mit der uns
vorliegenden Species identisch sein dürfte.

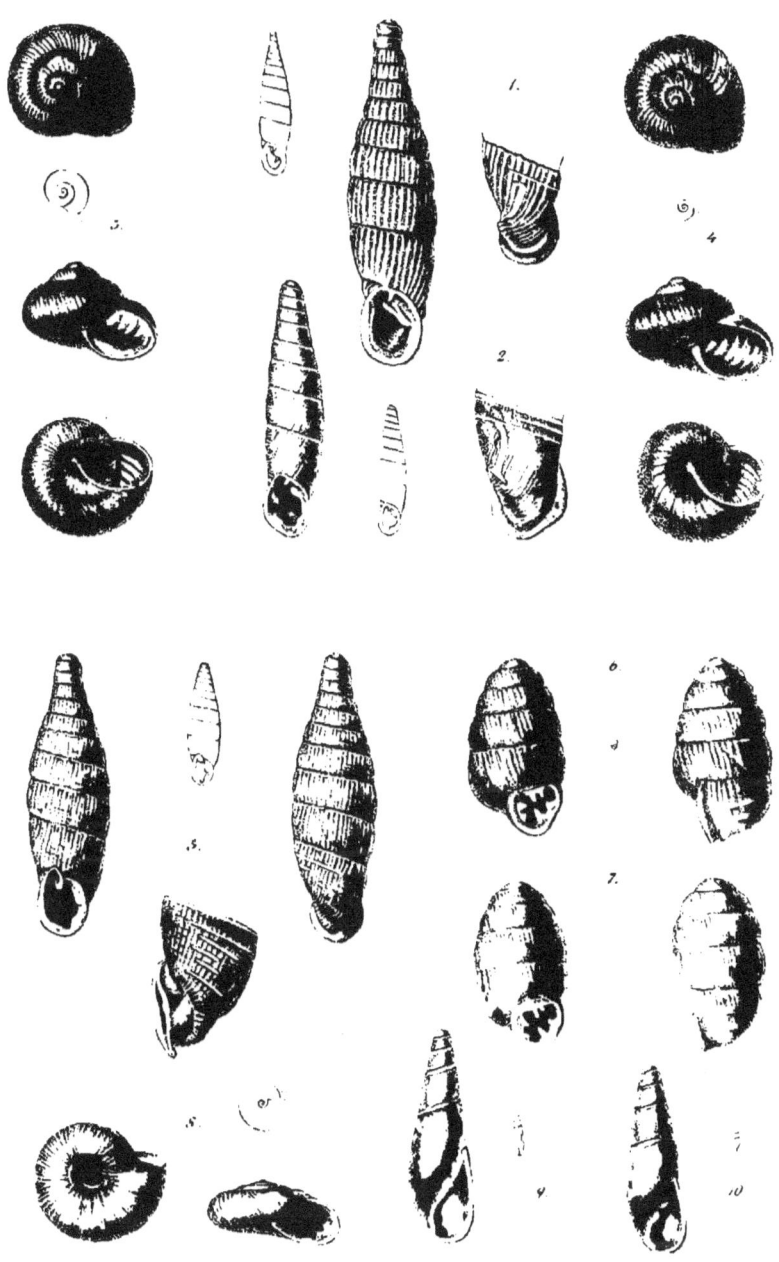

1. Clausilia laodicensis n. sp.   2. Cl. delimacformis n. sp.   3. Vitrina annularis Stud.   4. V. Komarowi n. sp.
5. Cl. gradata n. sp.   6. Pupa Sieversi n. sp. typ. u. 7. var. punctum Bttg.   8. Hyalinia cellaria var. Sieversi Bttg.
9. Cochlicopa (Acicula) acicula var. Liesvillei Bgt. u. 10. dies. var. nodosaria Bttg.